www.tredition.de

Mario Masini

Polarità

Romanzo

www.tredition.de

© 2016 Mario Masini

Verlag: tredition GmbH, Hamburg

ISBN
Paperback: 978-3-7345-3240-5
Hardcover: 978-3-7345-3241-2
e-Book: 978-3-7345-3242-9

Printed in Germany

Mario Masini

Polarità

Romanzo

«Sosteneva, fra l'altro, che le inopinate catastrofi
non sono mai la conseguenza o l'effetto che dir si voglia
d'un unico motivo, d'una causa al singolare: ma sono
come un vortice, un punto di depressione ciclonica nella
coscienza del mondo, verso cui hanno cospirato tutta
una moltepilicità di causali convergenti. Diceva anche
nodo o groviglio, o garbuglio, o gnommero, che alla
romana vuol dire gomitolo.»

*Carlo Emilio Gadda: „Quer pasticciaccio brutto de
via Merulana"*

Capitolo I

Arci Clemens Molina

Era per un quarto di origine italiana Arci Clemens Molina da parte del nonno Arcibaldo di cui aveva avuto stima, rispetto e al quale era legato da molto affetto. Attraverso di lui poteva ancora immaginarsi l'Italia un paese solatio, ospitale e bello di paesaggi. Quando era stato a Milano, Genova e Torino per affari non aveva avuto il tempo per accertarsene. Della lingua ricordava solo qualche espressione caratteristica del nonno nei momenti in cui questi era più infuriato del solito oppure lo si contraddiceva per cui emetteva giudizi taglienti senza concessione di repliche. Arcibaldo Molina era un uomo pratico, molto intelligente, ma poco espansivo, taciturno e a volte scontroso.

Attraversate le Alpi, giovanissimo, il nonno Arcibaldo, si trovò in un'Europa bisognosa di mano d'opera e, rimboccatosi le maniche, si buttò a capofitto in qualsiasi attività gli promettesse un minimo soddisfacimento finanziario. Viaggiò moltissimo:

Francia, Svizzera, Inghilterra, Olanda e il paese che scelse per stabilirsi fu la Germania.

La sua storia sentimentale si può riassumere in due righe: un primo amore fiammeggiante con un'irlandese tutta rossa, cosparsa di lentiggini, che lo fece aspettare ad un appuntamento oltre i limiti della sua pazienza e poi quella studentessa di filosofia che invece di scrivere saggi su Heidegger o su Wittgenstein, volle vivere l'avventura di una filosofia applicata e se lo sposò.

Dall'unione di Hildegard e Arcibaldo nacquero due maschi: il primo morì a cinque anni di leucemia e il secondo crebbe gracile fino a diciotto anni per poi diventare un bell'uomo che a trent'anni si prese per moglie la sua giovane vicina di casa.

Il nonno Arcibaldo era riuscito con gli anni a far fruttare la sua sagacia nel campo della costruzione edile fino a salire la ripida pendenza che da semplice muratore lo aveva spinto a direttore dei lavori, a socio imprenditoriale, a imprenditore. Il figlio lavorava nell'amministrazione e i rapporti familiari erano eccellenti.

Nacque quindi un altro Molina a cui il padre, nel rispetto della tradizione, volle chiamare come il nonno. Alla madre quel nome sembrava troppo lungo e antiquato così che decisero di registrarlo Arci e come secondo nome Clemens, il nome dell'altro nonno.

Arci Clemens aveva ereditato dal nonno il senso pratico e dalla nonna la capacità riflessiva analitica, mentre dai genitori una certa bonomia e spensieratezza. Un bel miscuglio che conferì ad Arci le qualità necessarie per farsi ben volere, per far apprezzare la sua intelligenza insomma per essere un giovane di buone speranze. Ottimi i risultati a scuola e all'Università che terminò con la lode. L'economia era il suo forte e Arci aspirava a entrare nelle banche, nel mercato ad alto livello, nei gruppi finanziari.

Innamoratosi e poi sposatosi, ancora con tutte le strade aperte, decise, anche per insistenza della moglie e dei suoceri, di entrare nel campo dell'assicurazione dove lo attendeva un posto di responsabilità nel settore della navigazione aerea internazionale.

La sua vitalità fu messa tutta al servizio dell'Istituto Ass. Gen., la sua competenza economica si specificò in un determinato settore, la sua arguzia nell'escogitare il maggior profitto possibile attraverso contratti sempre più particolarizzati nei rami primari.

Dal carattere esuberante, sostenuto dal successo nel suo lavoro, era spesso invitato a partecipare a riunioni informali nei salotti dove si discutevano le direttive politiche e finanziarie più importanti.

Nei primi dieci anni la sua ascesa sembrava non arrestarsi. Gli era stato conferito un maggiore campo di azione, sempre nel suo settore. Le sue relazioni importanti tra i luminari della scienza economica si erano ampliate e allo stesso tempo specificate.

Era certo di stare per fare un salto di qualità nella sua carriera di economista, di competente finanziario. Sembrava che da un momento all'altro scattasse quella proposta da parte di una holding importante per farlo entrare nella sezione direttiva a cui aspirava. Ogni volta però, a causa di cambiamenti e ripensamenti alla base, Arci veniva escluso dalla scelta.

Nonostante l'energia impiegata per appagare la sua ambizione, la sua posizione in pratica non era mutata. Era ancora alle dipendenze di un dirigente, seduto la maggior parte del tempo davanti al computer a scrivere o a correggere i nuovi contratti, ad aggiornare i vecchi, a leggere le nuove norme. Qualche piccola divagazione, come un volo a Tokio, a New York, a Parigi, dove trascorreva in un altro ufficio tre giorni di discussione sulle nuove tariffe, sui nuovi rischi nei voli internazionali, non faceva svanire la noia che indolenziva le membra, inacidiva la bocca e chiudeva lo stomaco dai crampi.

Durante gli ultimi anni, per non essere riuscito ancora a crearsi autonomia d'azione e ottenere il potere decisionale a cui aspirava, era lievitata in lui lentamente una certa sazietà per la sua attività che conosceva ormai in tutti i possibili risvolti, ed era subentrata la delusione per come l'elemento fondamentale, il denaro, venisse usato e considerato: lo sentiva ridotto ai meschini risparmi, agli investimenti per il look, per la facciata, non dava esso adito ad altro scambio di vedute, ad altri orizzonti, ad altre mete. Non c'era una vivace aspirazione per l'imprenditoria, dominava solo il panico per i rischi, quindi nessun risultato di cui potersi sentire appagato. Si aggiungeva, inoltre, la rigida burocrazia, le procedure fisse, la freddezza dei rapporti formali.

Questo impianto, questa struttura inalterabile e allo stesso tempo penetrante fin nei più reconditi recessi del metabolismo, livellò la tensione, fece decantare il tono esuberante, s'arrestò la rincorsa alle cime e come reazione Arci divenne chiuso, malinconico come non lo era mai stato, asciutto nei rapporti di lavoro e con la moglie Else.

Else, architetto d'interni, nel frattempo era riuscita a imporre il suo gusto, adeguandolo alle condizioni sociali diverse, impegnata per lo più ad alzare il livello del lusso negli appartamenti, nelle ville, nei castelli dei magnati.

Questa sua attività la portò spesso lontana da casa, e volava volentieri da un continente all'altro mentre, tornata a casa, trovava un marito che non aveva più voglia di volare con la fantasia, con i progetti, con la speranza e poco espansivo per cui il rapporto si allentò e non le fu difficile trovare un altro uomo, sempre spinta dall'ebrezza dell'avventura e dal brivido del nuovo.

Else andò ad abitare dall'amico. Arci rimase solo. Di separazione e di divorzio non se ne parlò né dall'una né dall'altra parte.

Al suo quarantesimo compleanno, organizzato dalla sua fedele segretaria Isabel, convennero colleghi e amici. Ricevette molti doni simpatici, alcuni kitsch, altri erotici, pochi di gran valore, e uno speciale: il suo ritratto a carboncino che i colleghi avevano fatto eseguire da un pittore di loro conoscenza tratto da una fotografia. Tra tutti questi regali raccolti e ammucchiati su un tavolo, alla sera quando Arci rimase solo, c'era un regalo che prima non aveva notato, avvolto da una bella carta a fiori, con il fiocco rosso. Lo aprì, era un libro: "Le mosche del capitale" di Paolo Volponi. Pensò fosse uno scherzo e gli sembrò di cattivo gusto essere paragonato ad una mosca che ronza attorno alla torta del capitale (torta o peggio secondo i punti di vista). Tra le pagine trovò una cartolina, la riproduzione di un quadro di Picasso, in cui sul retro vi era scritto:

"Felicitazioni per il tuo compleanno e tanti auguri per il futuro che attende da te il volo più alto di quello di una mosca,

una tua ammiratrice."

Ripassò in rassegna tutti i volti di donna che erano stati presenti alla festa del compleanno, ma nessuna delle corrispondenti persone gli sembrava possibile avere avuto l'ardire di regalargli quel libro. Chiese alla sua segretaria, ma anche lei cadde dalle nuvole permettendosi però, con un sorriso ironico, l'espressione: – sarà stato un demonietto!

Il libro fu gettato sul tavolo della sala in pasto alla pila di giornali che l'invadevano. Su quello vennero ad accumularsi altri giornali e lì sarebbe rimasto se la donna delle pulizie, facendo ordine sommario, non lo avesse appoggiato sulla libreria in bella vista.

La vita di Arci era diventata monotona ormai. Senza la presenza dell'effervescente moglie, senza stimoli intellettuali, senza amicizie affettuose, trascorreva le sere dopo il lavoro tra il giornale e la televisione, tra un ristorante e una cena congelata ripassata nel forno a microonde. Pensava, ogni tanto, alla sua segretaria Isabel, bella donna, giovane sui trent'anni, non sposata, ma temeva di instaurare un nuovo rapporto in cui bisognava mettere in conto l'entusiasmo, il tempo, il denaro, la pazienza, la comprensione, l'adattamento, insomma troppo, e per il momento non se la sentiva di mettersi a fare il gallo.

Una sera, mentre stava guardando la televisione e cercando uno scampo qualsiasi alla tortura del video ipnotizzante, scorse "Le mosche del capitale" fare capolino dalla penombra della stanza. Più deciso che mai a farlo sparire anziché leggerlo, si alzò di scatto, lo afferrò e mentre andava verso la cucina per disonorarlo nella pattumiera, lo aprì a caso, vi scorse la solita cartolina che era infilata tra le ultime pagine e l'occhio, precedendo il gesto della mano, lesse:

"Non si tratta nemmeno più di persone, ma di personaggi fuori dell'umanità, anzi di cifre, entità, centri di trasmissione, parti di un teatro televisivo, di un trust di immagini. E questo è anche il problema dei personaggi del mio libro: non sono individui di questa terra, sono emblematiche figure traccianti, jet che sfrecciano da una parte all'altra e dominano il mondo."

Incuriosito da quelle parole dette da Volponi in un'intervista concessa a Giovanni Raboni, si soffermò a leggere un altro periodo, su un'altra pagina:

"Penso che l'industria sia un grande bene dell'umanità, ma solo se viene adoperata secondo una coscienza democratica e secondo scelte democratiche, che decidano dove e come e quando si fa l'industria; non se l'industria pone essa i vincoli e comanda essa e governa essa il mondo fino a mangiarselo, a divorarselo con la scusa che così è la tecnologia, così è la ragione della scienza, così è il progresso. Stanno simulando di darci un mondo nuovo e diverso che invece non ci danno, ci bruciano quello che abbiamo sotto i piedi e basta."

Arci rimase in cucina in piedi, appoggiato al lavello, sotto la luce sfacciata dei neon, qualche minuto ancora quel tanto per capire che quel libro doveva essere un nemico da affrontare con gli specifici argomenti a lui familiari e quindi stimolante al contraddittorio. Una sfida tra competenze finanziarie e politiche. Avrebbe potuto anche scrivere un articolo sul mensile finanziario contro certa letteratura. Spense la televisione si sedé in poltrona e iniziò a leggere.

Tutte le sere, per circa una settimana, si ritrovava con il libro in mano al quale dedicava qualche ora del suo tempo libero, più per consolidare la sua disapprovazione che per interesse; ma alla vicenda di Bruto Saraccini, industriale idealista, protagonista del romanzo, si sentiva legato dalla convinzione che nella società capitalistica non vi fosse spazio per i miglioramenti sociali a carattere umanitario; e involontariamente Arci si lasciava coinvolgere dalle aspirazioni democratiche dell'autore come se fossero le proprie.

La lettura di quel romanzo gli offrì lo stimolo ad aprire una finestra, fin'allora tenuta ben serrata, sull'arte letteraria, sulla vita intellettuale che in generale teneva in poco conto o disprezzava nella convinzione che fosse causa di dispersione di forze, di intralcio all'attività pratica per la produzione e il consumo.

E da quella finestra guardò con curiosità a quel ripiano della sua libreria dove si trovavano ancora i romanzi del nonno e i testi di filosofia della nonna.

Si rinnovò così in lui il piacere per la lettura, e un tesoro ricco di storie emozionanti, di idee stimolanti, di visioni nuove era lì pronto generosamente a regalare tutta la sapienza, la vita, l'esperienza e la sua creatività.

Scelse un altro volume da leggere e poi un terzo, inebriato dalla sconvolgente altalena vissuta dai personaggi storici o creati dalla fantasia, stagliati e presentati così veri e così presenti da fare alterare il battito cardiaco, il ritmo del respiro sia che si trattasse del Socrate di Platone o del Bruto di Shakespeare o dell'Ifigenia di Goethe, e perché no, anche del Metello di Pratolini o di quell' Unico e la sua proprietà di Stirner da cui si sentiva stimolato a rivedere molte opinioni in lui stratificate.

Lesse a caso quello che capitava e ogni volta gli sembrava di avere scelto il libro giusto, quello che gli apriva nuovi orizzonti o lo coglieva impreparato di fronte ad un aspetto nuovo della vita.

Fin da giovane, in famiglia e a scuola, più tardi nel lavoro, aveva sentito parlare solo di denaro e del suo potere. Ci si intratteneva sulle strutture, sugli investimenti, sui profitti. Impresa, concorrenza, pubblicità, scavalcamenti, contratti e quindi dividendi, percentuali, interessi, sconti, erano alcuni dei temi ricorrenti.

Ma il temperamento di Arci, con il quale era venuto al mondo, o meglio che si era stabilizzato con la maggiore età, era esuberante, mobile, fantasioso, coraggioso, con l'amore per l'avventura, fornito di un vulcano di idee che ruggeva in lui sempre pronto a eruttare progetti troppo impegnativi a cui doveva prima o poi rinunciare.

In fondo il suo impegno all'Ass. gli permetteva di prendere tempo per realizzare il suo sogno, creandosi nel frattempo il trampolino di lancio per saltare nel mondo dell'alta economia. Anelava a diventare famoso e importante come un Ford, un Daimler, un Agnelli, un Olivetti, oggi come un Gates.

La letteratura lo incantava, mentre quando l'aveva dovuta studiare da giovane al ginnasio, l'aveva lasciato indifferente. Adesso aveva un altro sapore, uno spessore che lo affascinava.

Trascorse così immerso nella lettura alcuni mesi. Questo periodo fu per lui come un'ubriacatura che lo rese attivo nell'acquisizione di nuove argomentazioni, nuovi modelli di vita, nuove idee, ma lo lasciò passivo nel creare, nel produrre. Della scrittura si sentiva più nel ruolo della carta assorbente che in quello della penna.

Notò che gli mancava qualcosa a cui dedicarsi interamente. Nonostante stesse sempre aggiornato ai processi economici mondiali, sentiva forze sovrabbondanti per potersi dare un traguardo da raggiungere o un'attività nuova, piena di vita, da intraprendere.

Alle sue ambizioni dirigenziali non aveva rinunciato, le teneva gelosamente custodite nel freezer, per il momento congelate, attendendo l'opportunità in cui qualcuno gli chiedesse una cena succulenta per presentare rapidamente una ricetta culinaria originale e appetitosa.

Non era pienamente cosciente di quello a cui anelava; era ancora un sordo brontolio che si faceva sentire soprattutto alla sera appena aveva terminato di leggere un libro. Per zittirlo ne cominciava uno nuovo.

La sua segretaria Isabel gli presentò l'invito per assistere all'inaugurazione di una mostra di pittura a cui lei era interessata perché conosceva l'artista e le sue opere. Arci non aveva intenzione di andarci, né la voglia di guardare pitture di nessun tipo. Considerava l'arte figurativa e astratta utile solo per illustrare libri e cataloghi, per addobbare le case con colori vivaci, e al massimo da impiegare nella pubblicità. Isabel però fu persuasiva ricordandogli di avere organizzato la festa del suo compleanno e che quindi aveva un debito di riconoscenza per lei.

Arci acconsentì e quella sera passò a prenderla a casa sua.

Isabel lo introdusse in salotto pregandolo di attenderla qualche minuto perché non era ancora pronta. Nel frattempo si sarebbe potuto servire da bere; era tutto a sua disposizione su un tavolo assiepato di liquori vari.

Era la prima volta che Arci andava a casa della sua segretaria. Ammirò il gusto semplice dell'arredamento, le suppellettili e i quadri appesi. Quando Isabel apparve con un vestito nero scollato, con i capelli biondi raccolti sulla nuca, Arci si soffermò a seguire con lo sguardo la curva che dalle spalle tornite ascendeva alla delicata concavità del collo. Isabel, colta nella sua vanità, rimase piacevolmente perplessa per come Arci la guardasse. Non era mai successo che il suo capo le concedesse un apprezzamento per la sua bellezza e cosí compiacente. Cinque anni prima era stata assunta come segretaria, e Arci aveva voluto sempre mantenere la distinzione tra i livelli delle competenze attraverso un educato e formale comportamento. Isabel l'aveva sempre rispettato anche se qualche volta aveva espresso molto discretamente il desiderio di un rapporto un po' più sciolto e amichevole. Arci avvertì questo desiderio, e come succede spesso agli uomini, lo interpretò come un invito a familiarizzare, come un'avance d'amore. Questa volta fu lui a introdurre il discorso dei rapporti formali e propose che se essi erano stati sempre rispettati, adesso si presentava l'opportunità d'infrangerli concedendosi il piacere di darsi del tu e di presentarsi al vernissage come due buoni amici.

Isabel, prima di accennare ad una qualsiasi risposta, lo guardò intensamente, gli andò vicino, e toccandogli un braccio gli sussurrò, come a rivelare un segreto, che non sarebbe mai andata ad un incontro di amici con lui se avesse dovuto chiamarlo: dottor Molina qui, dottor Molina là. Arci fece una bella risata, si congratulò per la sua franchezza e, per accantonare quell'argomento, le fece i complimenti per la toilette che trovava bellissima. Inoltre le confidò di sentirsi fortunato di avere una così bella amica e l'onore di accompagnarla. Lei lo ringraziò con un sorriso, lo prese sottobraccio e si avviarono all'appuntamento.

Fu una serata mondana, piacevole, rilassante, in cui si parlò molto di arte moderna e contemporanea, spesso con termini specifici su temi estranei alla comprensione di Arci come sul ribaltamento del tempo, sullo spazio incoerente, sul connubio tra astrattismo e realismo, tra natura e ragione, sulla transavanguardia, sul postiperrealismo a cui Arci tendeva l'orecchio solo per la curiosità di ascoltare il suono di un linguaggio sconosciuto, senza riferimenti immediati per lui.

Isabel l'aveva persa di vista in mezzo a tutta quella gente, in ogni modo si muoveva sicuro tra i vari gruppi che si erano formati a parlare. Si soffermò ad ascoltare alcune signore che riferivano il prezzo di alcuni quadri famosi quando scorse Isabel nel vano di una porta parlare con l'autore dei quadri esposti. Fece per avvicinarsi, ma Isabel, più rapida di lui, lasciò l'amico pittore e si fece incontro ad Arci con due coppe di champagne scusandosi di averlo lasciato solo.

Arci era molto occupato a controllare il prezzo di ciascun quadro secondo la lista del catalogo ed era colpito da come alcune macchie di colore su tela dal titolo 'osmosi', 'superamento', 'acquiescenza', 'solitudine', 'escatologico' potessero costare dai duemila ai cinquemila euro. Ripassava davanti ai quadri, li osservava di nuovo, controllava il prezzo.

– Questa macchia blu sul grigio con una striatura di azzurro sopra e una gialla sotto, dal titolo 'nostalgia del sud', costa cinquemila.

Parlando con Isabel espresse la sua perplessità per i prezzi molto alti, pur sapendo che alcuni quadri famosi erano valutati milioni di euro. Isabel per distrarlo dalla sua idea fissa, gli domandò quale di quei quadri gli piacesse di più, e Arci, per non essere scortese, scelse 'inconciliabile': una macchia rossa quadrata sulla sinistra, una ovale blu a destra collegate da righe nere di diverso spessore, costo: tremila.

– Come si decide e chi lo stabilisce il valore monetario di un'opera? – Chiese Arci.

– L'artista insieme al mercante d'arte, e dipende dalle richieste, dalla grandezza della tela, e dall'elaborazione del soggetto.

Arci ne fu più che convinto e si andò a bere un altro bicchiere di champagne che si gustò a sedere su una comoda poltrona.

– Anche questo scambio tra artista e fruitore fa parte del giro economico e dato che i produttori di questo articolo ce ne sono sempre in abbondanza il mercato non si estingue anche se fosse inflazionato da un numero crescente di opere. L'artista non cessa di produrre perché è un'esigenza sua espressiva, di carattere interiore. Quindi il mercante ha una scelta ampia in cui può giostrarsi i prezzi come fa comodo a lui, portando alle stelle alcune opere di un artista e svalorizzando altre di un altro artista. Secondo la critica a cui sempre si deve riferire però. Si parla di artisti molto poveri che dopo morti hanno avuto un riconoscimento internazionale e le loro opere valutate moltissimo. Ma mi sfuggono ancora i parametri di giudizio dei critici.

Isabel interruppe il corso dei pensieri di Arci proponendogli di comprare il quadro che gli piaceva di più, considerando che avrebbe dovuto dare un aspetto nuovo al suo salotto e inoltre che i quadri di questo artista sarebbero stati valutati almeno il doppio fra un anno. Arci la guardò sorpreso. Abbassò la testa per riflettere un momento poi si alzò tornò a guardare 'l'inconciliabile', cercò il pittore, gli andò incontro e gli espresse il desiderio di acquistare un suo quadro. Riempì un assegno da tremila euro e domandò quando poteva averlo a casa. Tra due mesi gli fu risposto; il tempo della durata della mostra. Isabel gli dette un bacio sulla guancia e gli sussurrò all'orecchio qualche parola di compiacimento. Arci emise un lungo respiro, qualcosa di nuovo era avvenuto in lui: percepì di essersi liberato dal pregiudizio sugli artisti, dal restrittivo procedimento di valutare un oggetto secondo peso e misura anziché tener conto dell'impegno e dell'amore con cui esso viene realizzato.

Tornando a casa scherzava e rideva con Isabel pensando a come avrebbe sistemato il quadro in salotto. Forse avrebbe tolto lo scarabocchio a inchiostro di china della moglie che ancora dominava tutta la stanza.

– Se torna Else e non vede più il suo quadro appeso mi terrà una lezione sulla teoria del pieno e del vuoto, sulle luci e ombre, sulla mia assoluta incomprensione artistica, sul mio appiattimento culturale, sul mio livellamento delle emozioni, sulla mia freddezza cerebrale e sul mio pensiero fisso all'economia.

Oltre al suo lavoro, che svolgeva sempre con serietà professionale, agli interessi di economia generale a cui si teneva costantemente aggiornato, Arci si concesse di dedicare un po' di tempo all'arte, attirato dall'ambiente più vivace e sollecitato a partecipare al fermento di idee e di concetti nuovi per lui.

Comprò, in una libreria specializzata, una monografia su Klee e una su Rothko. Ammirava le riproduzioni e, convinto che di un artista, per leggere più a fondo nelle sue opere, bisognava mettere in relazione le varie rappresentazioni con lo svolgimento della vita, si interessò alle biografie. Il modo di vivere, la ribellione alle consuetudini, il tormento emergente, lo sforzo impiegato, il dubbio, la perseveranza nella ricerca, la fiducia che spesso veniva a cadere a causa dei problemi pratici o per la mancanza di riconoscimento, la povertà, l'isolamento dei grandi artisti, impegnavano Arci a guardare se stesso, a considerare la propria vita, le sue ambizioni, a cui non rinunciava certamente, con maggiore distanza e con più obiettività.

Andò a visitare il museo della sua città, vide gli originali di alcuni quadri famosi che aveva studiato nella storia dell'arte al liceo. Rimase incantato dal 'S. Paolo in prigione' di Rembrandt, comprò la cartolina e, a casa, andò a guardare cosa dicesse la sua enciclopedia su quel grande artista. Tre bambini morti, uno alla nascita, due poco tempo dopo. All'età di trentasei anni gli morì l'amatissima moglie Saskia di cui aveva dipinto vari ritratti. Costretto dai debiti vendé la casa e la sua raccolta. Il quattro ottobre del 1669 morì ad Amsterdam a sessantatré anni povero e in solitudine. Notò il nome del museo di Amsterdam il Rijksmuseum che avrebbe voluto visitare per vedere l'originale della 'Ronda notturna'.

Le sere adesso erano diventate più intense; gli sembrava di non avere abbastanza tempo da dedicare alla lettura: il giornale, le quotazioni della borsa e poi 'Il banchiere anarchico' di Pessoa, la 'Teoria dei colori' di Klee, le monografie di Munch, Kandinski, e di tutti quegli artisti che voleva conoscere.

Ammalatasi per qualche giorno la donna delle pulizie, che aveva anche il compito di pensare al rifornimento della dispensa, Arci fu costretto a fare lui stesso la spesa. Affissa sulla vetrina del negozio alimentari c'era la locandina di un corso intensivo di pittura per principianti: quattro sere a settimana dalle 18,30 alle 21, per tre mesi. Ad Arci sembrò assurdo che in tre mesi uno potesse imparare a pitturare in modo tale da rimanere soddisfatto del risultato.

– Inoltre – pensava – anche se impari a tenere il pennello in mano, a riprodurre qualche paesaggio o natura morta, il cammino lungo e difficile percorso dai grandi o medi artisti era impossibile iniziarlo. Bisognava incominciare da giovani e sentire interiormente quell'urgenza che sola ti spinge sempre avanti anche quando sembra tutto contro di te. No, era meglio amare l'arte studiandola, ammirandola anziché provarsi di raggiungerla.

Venerdì sera, prima di andare a casa, invitò Isabel a mangiare al ristorante. Lui sarebbe andato a prenderla a casa due ore più tardi.

Mentre sedeva in poltrona a leggere il giornale, tra un articolo di cronaca e uno di politica, gli venne di pensare al suo nuovo interesse per l'arte. Ne avrebbe sicuramente parlato con Isabel anche perché era stato merito suo.

L'ora dell'appuntamento si approssimava e stava per riporre il giornale quando in fondo a una pagina vide lo stesso avviso sul corso di pittura che aveva visto il giorno prima.

– Imparare a pitturare deve essere in ogni modo un'esperienza interessante. Almeno si può apprezzare meglio chi lo sa fare veramente. Mise via il giornale e si preparò ad uscire.

Fu una serata in maggior parte dedicata ai pettegolezzi sui colleghi, sulle mogli, sui mariti e sugli amici. Arci però trovò l'occasione di esprimere il desiderio di interessarsi di arte in generale e degli artisti moderni con una certa continuità e rivelò a Isabel i suoi primi tentativi in quella direzione non solo per ampliare la sua cultura, ma soprattutto per afferrare con chiarezza in che modo l'attività artistica fosse importante per la società. Vi sono certo coinvolte e impegnate molte persone, gli autori, i critici, i mercanti, ma quale contributo la società ricevesse dal suo apporto non riusciva a scorgerlo concretamente. Non era per lui sufficiente il notevole afflusso alle mostre o che venissero scritti saggi, articoli, che vi fosse una profusione di pubblicazioni, che molti comprassero un quadro per abbellire la propria casa, nello stesso modo in cui si compra un mobile, o un vaso da fiori; doveva esserci un contributo di portata più vasta e più penetrante, ma quale esso fosse non lo riusciva ancora a capire.

Isabel vedendolo così impegnato su tale argomento volle porgergli i suoi complimenti per la vitalità e l'entusiasmo che da lui irraggiava e gli confessò che anche in ufficio non lo aveva mai visto così sereno, attivo e cordiale. Anche il capufficio aveva notato questo cambiamento e le aveva chiesto se per caso non avesse il sospetto che il dottor Arci Clemens Molina fosse innamorato.

– Mi sento come un bambino che, nonostante sappia che ci siano un'infinità di cose da conoscere ancora, non smette di credere che un giorno le potrà accogliere nel suo repertorio culturale. L'esperienza visiva come quella uditiva, musica e poesia, non si limita a farti godere in quel determinato momento, ma penetra a cambiare qualcosa in te; ed è questo che vorrei approfondire.

Isabel azzardò il dubbio che nonostante tutte le buone intenzioni lui non poteva conciliare l'interesse per l'economia con quello per l'arte presentandosi essi così polari da temere un dissidio di carattere psicologico e quindi insano. Poteva eventualmente considerare l'arte come uno svago rilassante dallo stress delle intricate maglie del mondo economico-politico.

Arci rifletté sulla considerazione di Isabel trovandola opportuna e ragionevole. Ciò nonostante la percepì come una ferita causata dalla impossibilità di procedere ulteriormente nelle sue aspirazioni che ogni giorno si moltiplicavano e si allargavano verso il mondo della creazione artistica.

Nei confronti di qualsiasi inclinazione il comportamento di Arci era sempre determinato e nell'esecuzione risoluto: o buttarsi a capofitto in un interesse o non prenderlo affatto in considerazione. A metà strada non riusciva a fermarsi.

In tutti i casi egli assicurò Isabel che la propria ostinazione non gli avrebbe certo causato uno squilibrio nella sua vita e che invece serviva a consolarlo di alcuni momenti di sconforto passati e presenti.

Sabato mattina prese il treno per Amsterdam, visitò il Rijksmuseum e tornò domenica sera molto più ricco di come era partito.

Nello scompartimento del suo treno c'era un bambino esuberante che saltava e parlava in continuazione. Arci, invece di sentirsi disturbato, ne ammirò la vitalità che, si accorse, stimolò al rapporto, alla comunicazione e allo scambio infrangendo tra i viaggiatori le solite barriere formali.

– Se domani qualcuno mi chiede come hai trascorso il fine settimana risponderei: benissimo, tra le luci e ombre di Rembrand e i salti e sorrisi di un bambino. Tutti e due gli eventi mi hanno svelato qualcosa della creazione sia umana sia divina.

Ma a chi avrebbe potuto dare una risposta simile, non certo al suo capufficio, o al collega, forse a Isabel ... ecco, gli mancava qualcuno con cui parlare del suo entusiasmo per l'arte, per la vita.

Arci aveva un caro amico, Arnold, vecchio compagno di scuola, che abitava in un'altra città e al quale sporadicamente telefonava. Lo aveva aiutato tempo addietro quando la sua impresa di costruzione ebbe complicazioni finanziarie. Gli aveva spedito una cartolina di un quadro di Rembrand accennandogli la sua nuova passione per l'arte. Arnold lo chiamò al telefono per ringraziarlo e per chiedergli cosa c'era di nuovo nella sua vita. Fecero una lunga chiaccherata in cui alla malinconia per la solitudine di Arnold si alternava la speranza di Arci per un nuovo impulso da dare all'esistenza. Questi gli confidò il desiderio di interessarsi di storia dell'arte e di visitare i musei importanti perché sentiva che da questo aspetto della cultura ne riceveva nuova energia.

Infatti Arci ogni fine settimana partiva per andare a visitare mostre e musei anche molto lontano e in altri paesi. Erano due giorni di totale libertà fra tele e sculture, tra colori e forme con salti di secoli tra un'opera e l'altra. Dalla Nike di Samotracia al Mosè di Michelangelo, dalla nascita della Venere di Botticelli ai nudi di Modigliani. Fidia, Prassitele o Moore, Masolino o Kokoschka li sentiva tutti uniti in una grande famiglia, tutti fratelli, tutti cavalieri in lotta per confermare una più profonda visione del mondo.

Arci lavorava tutta la settimana con la gioia di potersi dedicare, sabato e domenica, a nuove scoperte figurative, a un nuovo autore, ad una nuova acquisizione, sicuro di sviluppare in questo modo le sue capacità percettive.

– Pitturare, dipingere ... non devo pensare a quel corso di pittura, non è per me. Domani ci vado, vedo che aria tira. Se mi annoio interrompo e tanti saluti. Ma cosa pretendi di diventare, Jawlensky? No, voglio solo scoprire la difficoltà dell'esecuzione, del disegno, dei colori. Voglio provare altrimenti non mi dà pace. Ci penso in continuazione anche se so che è tempo perso.

Era un contraddittorio continuo, incluso in un unico monologo interiore che emergeva improvviso tra un programma e l'altro al computer, tra l'alternanza dei fax, delle telefonate, degli appuntamenti, mentre Isabel lo guardava, anzi lo spiava per carpire quei momenti di lucentezza che il suo sorriso, il suo sguardo affettuoso e buono emanavano.

Il giorno dopo andò al corso. L'insegnante, pittrice affermata, era di padre tedesco e di madre spagnola: capelli neri, occhi verdi, alta, slanciata, stupenda. La sua voce era calda, limpida. Parlava a ondate: iniziava un periodo che saliva d'intensità, che sommergeva l'uditorio poi, con una breve pausa, sottovoce, inseriva un commento, un'osservazione che tirava al fondo come la risacca che preannuncia il frangente successivo. Spiegò nell'introduzione che la facoltà espressiva dell'uomo è stimolata e rinnovata da un'esigenza interiore e che non può essere sommersa o alienata da preconcetti e da condizionamenti pratici. Esprimersi è una necessità a cui non si può rinunciare, altrimenti impedisce la formazione dei rapporti sociali, umani, e provoca l'alterazione dell'equilibrio psichico. Vi sono vari modi per aprire al mondo il proprio contenuto interiore: attraverso la parola nella letteratura e poesia, attraverso la musica, la pittura, la scultura, attraverso la pratica scientifica e quella religiosa. L'arte, la religione e la scienza sono i tre grandi rami che si alzano dall'albero che è l'uomo creativo stesso. Ma l'arte è quello che nel suo sviluppo più evoluto unisce tutti e tre. L'arte si avvale sia dello spirito scientifico sia di quello religioso: del primo impiega il metodo della ricerca, l'osservazione fenomenologica, l'analisi e lo studio della materia; del secondo si arricchisce attraverso la sicurezza che ogni manifestazione del mondo è la rivelazione di un dono divino, e questa coscienza permette lo sviluppo di percezioni superiori. L'arte si avvale dei sensi che all'inizio possono essere rudimentali, ma che con l'esercizio si affinano, si purificano per essere messi al servizio della creazione che, per essere artistica, deve superare la natura conferendole quell'imponderabile a cui la natura stessa anela. L'artista ha bisogno della natura e questa dell'artista.

Dopo aver portato vari esempi di grandi artisti, alcuni più devoti, altri più scienziati, a conclusione lesse una frase dai Frammenti (1102) di Novalis:

– L'artista sta sopra l'uomo come la statua sopra il piedistallo.

Arci da scolaro disciplinato seguiva con concentrazione tutte le indicazioni e gli esercizi. I partecipanti cominciarono a sviluppare l'osservazione di elementi della natura e di oggetti vari che dopo essere stati tolti alla loro presenza dovevano cercare di descrivere più dettagliatamente possibile, e successivamente disegnare. Col tratteggio disegnavano, in bianco e nero, le ombre e le luci di una natura morta senza segnare i contorni; lo stesso effetto l'ottenevano con la tecnica del carboncino.

Arci era entusiasta e si portò a casa i primi studi che appese ovunque.

Dopo una settimana notò un miglioramento confrontando i primi schizzi con gli ultimi.

Sabato e domenica andò ad Arezzo a vedere Pier della Francesca e a Firenze Beato Angelico. Lunedì provò da solo a casa a fare degli schizzi di una natura morta che aveva composto in cucina. Martedì li portò alla sua maestra che spronò anche gli altri partecipanti a esercitarsi a casa.

I primi esercizi col colore mostrarono ad Arci tutta la vasta gamma dei sentimenti che gli si spiegava davanti agli occhi. L'insegnante faceva stendere un colore ad acquerello e chiedeva ai partecipanti d'immergersi nel tono dominante in modo da rendere il più possibile tutto il mondo reale che ci vive intorno dello stesso colore. Questo processo meditativo portava a caratterizzare sempre più specificatamente ognuno di essi e quindi ad usarlo per pitturare in rapporto alle esigenze animiche dell'autore con più coscienza, senza per questo perdere la spontaneità. I colori stesi con calma e attenzione mettevano in luce una forma che doveva essere tenuta presente e approfondita nell'esecuzione. Era quindi il colore a suggerire l'idea e non una forma pensata a priori a condizionare il colore.

In questo modo Arci si accorse, attraverso i colori che andava a stendere, quali forze nascoste si celavano nella sua personalità. I suoi acquerelli si distinguevano per i colori molto vivi e i contrasti rilevanti. I rossi con i blu o i gialli con l'indaco, profondi viola a sfondo di fiori arancioni. Se gli esercizi con il bianco e nero gli avevano sviluppato l'osservazione della forma e la plasticità delle ombre, il colore lo aveva totalmente sedotto immergendolo in un universo di suoni, di toni, di echi, di armonici, in un alternarsi di emozioni: gioia e dolore, forza e fragilità, spavalderia e mestizia, coraggio e paura, sicurezza e dubbio che vibravano dal foglio riverberandosi nel suo animo.

Trascorsero tre mesi di euforia. Vi furono naturalmente anche momenti di delusione, di stanchezza, di ripensamenti superati però con l'aiuto della maestra la quale, avendoli previsti, li presentava come i veri ostacoli necessari per maturare nello svolgimento del processo artistico. Senza quelle paure, tentennamenti, errori non si poteva progredire.

In primavera il corso di pittura, per chiudere in bellezza, organizzò un viaggio culturale e artistico nella campagna toscana. Dieci giorni a contatto con la natura e con l'arte del Rinascimento. Fra i paesaggi collinosi vibranti nelle sfumature di verde-argento degli ulivi e segnati dalle lunghe file nere dei cipressi, tra le mura di città o paesi antichissimi, negli angoli di chiese romaniche, al cospetto di fattorie di pietra grigia emergenti dal suolo color terra di Siena bruciata, i partecipanti, con cavalletto e colori, si sentirono novelli Giotto, Raffaello, Leonardo.

Al ritorno, Arci, si trovò di nuovo solo a casa. Aveva sistemato in un angolo della sala, quello più luminoso, il cavalletto e i colori. Il maggior tempo libero lo dedicava a pitturare. Aveva appreso, al corso di pittura, a dipingere a olio e aveva già realizzato su tela alcuni quadri tra l'astratto e il figurativo che erano stati apprezzati dalla maestra.

Di quella sua ricca esperienza volle far partecipe Isabel e una sera la invitò a cena fuori.

Un argomento che inevitabilmente si fece strada, inserendosi tra i temi sull'arte e sull'esperienza creativa di Arci, fu quello del denaro così come dominatore della vita e delle aspirazioni di molti. Arci non poté evitare di sottolineare l'aspetto avido, asciutto e soffocante della valorizzazione senza limiti del guadagno e del potere che si rinforza di conseguenza fino a far credere ai febbricitanti speculatori di essere veramente potenti mentre invece sono fragili come una coppa di cristallo in mezzo a una mandria di bufali. A Isabel tutta questa fragilità non sembrava così appariscente. Ammetteva, è vero, che molti hanno i nervi a pezzi per lo stress e la tensione, ma che grazie proprio al loro denaro si potevano permettere delle ricreative pause in ambienti bellissimi e ricercati. Per Arci non era quella la fragilità o l'insicurezza che voleva mettere in luce bensì l'aspetto morale che subiva una deviazione inconscia. Arci era convinto che per fare un buon contratto bisognava passare sopra alla comprensione di problemi di occupazione, sociali in genere, alla compassione (termine ormai cancellato dal dizionario professionale), e soprattutto alla generosità.

– Come riesca a sopravvivere la società senza l'elemento fondamentale della fratellanza o del sentimento di comunità, in cui naturalmente sono compresi gli aspetti di varia umanità, è difficile spiegarselo; forse perché al di fuori dell'ambiente bancario e assicurativo esistono isole di recupero di certi valori che riescono a irraggiare fiducia e amore nella popolazione.

Isabel non era così pessimista e adduceva che alcune organizzazioni non potevano certo essere sensibili a tutte le richieste o necessità perché altrimenti sarebbero incorse in inevitabili fallimenti o non potevano strutturarsi finanziariamente in modo sicuro e duraturo.

Arci insisteva a considerare l'aspetto interiore delle persone che vengono formate da tale modo di pensare. Tutta la vita economica, secondo Arci, doveva essere guidata da una vita intellettuale e spirituale che tenesse conto di una filosofica visione del mondo, sorretta quindi da idee superiori e da ideali, e che non fosse soltanto soggetta al commercio, al consumo, alla speculazione.

Isabel non ne era persuasa, ma rimase colpita dall'energia dell'espressione e dalla forza di convinzione di Arci. Le apparve più bello del solito, nella sua veste di artista entusiasta e ribelle.

Arci avvertì lo sguardo dolce e benevolo di lei e, nell'euforia del discorso, più per conquistarla alle sue opinioni e coinvolgerla tramite un affettuoso gesto che per un secondo fine, le prese una mano e gliela strinse. Il vertiginoso volo dei pensieri sulle ali dell'entusiasmo era atterrato improvvisamente, per un colpo di vento, su una terra sconosciuta e seducente. Arci interruppe di parlare, si accorse immediatamente di essere andato oltre le sue intenzioni. La mano delicata dalle lunghe dita rispose all'invocazione di affettuosità espressa e si portò la mano maschile al volto per il piacere di un contatto più intimo.

Arci le fece una carezza. L'indice scorse sulle labbra, queste si pronunciarono a darvi un bacio. Egli si accorse che non poteva più tornare indietro: la dolcezza di Isabel lo stava conquistando, inoltre lei era l'unica interlocutrice a cui si poteva permettere di esprimere le sue convinzioni, le nuove acquisizioni, gli entusiasmi da una parte, le perplessità, le delusioni, le meschinità dall'altra.

In un istante, in uno di quelli importanti nella vita, prese la decisione coraggiosa di portare avanti quel rapporto appena accennato. Tenendole ancora la mano le propose di mostrarle alcuni lavori di pittura, che aveva terminato, a casa sua.

Isabel non rispose subito, prese tempo, abbassò lo sguardo. Arci, ormai eccitato dalla decisione presa e dalla tenerezza di lei, tuffò la mano nei lunghi capelli fini, li sollevò, li fece scorrere tra le dita contemplando la lucentezza della filigrana d'oro. Isabel a testa bassa e a occhi chiusi godé questo momento che però improvvisamente interruppe risollevando lo sguardo e la testa e, sorridendo, gli disse che avrebbe avuto il piacere di constatare i suoi progressi artistici.

Arci parlò con modestia dei suoi primi lavori, considerandoli ancora un tentativo e solo un primo approccio con la pittura, nonostante la maestra del corso avesse espresso un apprezzamento stimolante.

A casa pose i quadri su vari appoggi in modo da poterli osservare da lontano e lasciò Isabel al centro della sala in attesa di un suo giudizio, il primo a cui si sottoponeva e quindi il più temibile.

Isabel non si espresse immediatamente, sfiorava con lo sguardo ora l'uno ora l'altro, tornava a guardare, si avvicinava, si allontanava. Dette di sfuggita un'occhiata ad Arci che se ne stava in un angolo in attesa del verdetto. Poi gli si avvicinò, lo abbracciò, lo baciò sulla guancia e gli sussurrò all'orecchio che se non avesse saputo che erano i suoi primi lavori li avrebbe apprezzati come quelli di un artista maturo.

Arci, che già teneva le braccia intorno alla vita di lei, inebriato dal suo odore, la strinse a sé e la baciò sulla bocca. Lei dolcemente si staccò per aggiungere che la composizione, la forma e i colori erano bellissimi.

A questo punto, Arci, non sapeva se dare più attenzione all'arte o alla donna, all'immagine o alla realtà, se parlare della sua attività o lasciarsi andare all'istinto che lo sentiva prorompere dal basso come una fiamma. Scelse il secondo e così si perse tra le onde del corpo di lei come un antico navigatore sospinto dai flutti in mari inesplorati e sperimentò le zone di varia morbidezza e temperatura come un naturalista alle prime armi. Isabel accettò questo tipo di studio sul suo corpo per il modo oculato con cui veniva apprezzato. Una mano di Arci si protese per spegnere le luci violente che illuminavano la stanza e disposte per osservare meglio le tele dipinte. Queste rimasero in penombra a guardare stupiti l'affannarsi del loro autore intento a carpire i segreti delle stimolazioni erotiche di una natura viva.

Nella settimana successiva Arci e Isabel si comportarono nel modo consueto da bravi e disciplinati impiegati, ma il tono di entrambi era mutato: meno perentorio quello del capo, più sorridente e amabile quello della segretaria.

Arci trascorreva le serate a disegnare, a leggere, a studiare le monografie dei grandi pittori. Come esercizio, suggerito dall'insegnante, copiava i disegni dei grandi del Rinascimento, a matita in bianco e nero, per studiare le proporzioni del corpo umano e il tratteggio nelle ombre. Lo studio, così come gli era stato impostato, lo svolgeva con assiduità e costanza, provando un gran piacere, una soddisfazione mai provata, ogni volta che terminava un esercizio. Sentiva tutte le volte di aver conquistato qualcosa di nuovo, che la sua abilità cresceva sia nella giusta ripartizione della luce sia nella capacità di soffermarsi a studiare i dettagli.

Era iniziata l'estate. Arci poteva prendersi tre settimane di vacanza da metà agosto. Man mano che si avvicinava questo termine si accorse che non solo la sua attività creatrice progrediva, ma che inoltre essa penetrava a fondo nella sua vita in modo tale da non poterla semplicemente considerare come un'esperienza interessante e di arricchimento culturale, bensì necessaria alla vita stessa. Avvertì di correre il pericolo di dover un giorno porsi davanti al bivio: o l'attività artistica è assoluta, cioè a tempo pieno, o non va presa proprio in considerazione, va dimenticata. Quest'ultima ipotesi gli stringeva il cuore di dolore, la prima lo metteva di fronte ad una vita precaria, insicura e al rifiuto del sogno di diventare un grande economista. Anche il compromesso si era spesso affacciato come soluzione: rincorrere sempre lo stesso sogno, che in alcuni momenti sembrava realizzarsi e, nel tempo che rimaneva a disposizione, pitturare e interessarsi di arte.

Arrivarono le vacanze. Arci volle mettersi alla prova, doveva sapere di se stesso quali fossero i suoi sentimenti, quelli veri, quelli profondi, e quale fosse realmente la sua meta nella vita e soprattutto se ne aveva veramente una o andava ancora alla sua ricerca. E' normale routine, in questo caso, prendere le distanze da tutti gli interessi che ti muovono e giacere inoperoso, senza pensare a niente (o quasi) per un certo tempo. Durante questo vuoto si affacciano delle idee, degli spunti che possono far luce sul percorso da seguire, sugli impegni da affrontare nella vita. Con questi pensieri Arci decise di trascorrere le vacanze anche lontano da Isabel, la quale era tra l'altro costretta a visitare il padre malato all'ospedale, e partire senza libri, senza colori, per una terra a lui sconosciuta, solo con l'intento di fare il turista. Scelse di visitare Praga di cui aveva sentito tanto parlare dalla nonna Hildegard.

Taxi, aereo, taxi, hotel. Con la pianta e la guida della città si orientò facilmente per le storiche strade dei quartieri Malà Strana, Staré Mesto, l'antico ghetto, piazza San Venceslao, fino alla collina Vysehrad.

Noleggiò un'auto e visitò i dintorni, prima verso sud in Boemia poi a nord verso i monti Sudeti.

Si fermò a dormire in pensioni familiari in cui fu accolto sempre con gentilezza. Scoprì che c'erano delle case di contadini da affittare per le vacanze estive, e alcune in vendita. Andò a vederle, s'informò dei prezzi, scrisse i vari indirizzi. Presso un'impresa di costruzioni chiese quanto poteva venire a costare la ristrutturazione di una casa di contadini in campagna di un certo numero di metri cubi.

Gli venne il desiderio di avere una casa tutta per sé, sulle morbide colline boeme, dove poter trascorrere le vacanze nella pace assoluta.

Comprò una casa di contadini dalla quale si godeva un bellissimo panorama sulla valle della Moldava. All'impresa di costruzioni portò la pianta e le foto per progettare il riammodernamento. Accompagnò il geometra sul luogo per mostrargli lo stato del degrado.

Prima di partire da Praga volle visitare il museo nazionale. Non c'era ancora stato per mantenersi lontano dall'arte, come fin dall'inizio delle vacanze si era proposto. Quelle sale gremite di quadri appesi, quei visitatori insonnoliti che concedevano uno sguardo di sfuggita, quelle rappresentazioni di figure, una accanto all'altra, che sembravano volessero uscire dalle cornici dando l'idea di un popolo condannato a rimanere inchiodato alle pareti, fecero ad Arci lo strano effetto dell'inutilità di fornire ancora il mondo di tele dipinte, belle o brutte che fossero, di riempire sale e sale adibite al solo scopo di collezionare, di adunare e senza la possibilità di abbellire un ambiente reale e vivo. Uscì dal museo con la sensazione che fosse quella una uscita definitiva, un addio all'arte e quindi un abbandono, un rinnegamento.

A casa, il giorno prima di riprendere il suo posto all'Assicurazione, camminava irrequieto avanti e indietro. Guardò di nuovo i suoi quadri, li ripose. Aprì il giornale, scorse rapidamente le ultime notizie sulla borsa, scrisse nel suo notes alcuni appunti. Si distese sul letto e aspettò ad occhi aperti che gli venisse uno stimolo forte, potente, violento che gli imponesse una decisione o che gli scendesse un'illuminazione fresca, entusiasmante da farlo scattare dalla gioia, dalla felicità. A notte andò a mangiare in un ristorante. Si sentì solo, avrebbe volentieri trascorso qualche ora in compagnia di Isabel. L'aveva chiamata al telefono nel tardo pomeriggio, ma rispose la segreteria telefonica. Fece una passeggiata notturna per la città che era completamente deserta, essendo domenica. L'aria fresca, le strade vuote, i monumenti illuminati, le vetrine colme di oggetti inanimati: un mondo intero incantato, privo di vita, insisteva sulla sua solitudine, come se premesse sulla coscienza e poi penetrasse all'interno, dentro, come se lo volesse avvisare che lui, Arci, non poteva che appellarsi al suo io, alla sua persona, alla sua individualità per assumere la responsabilità di una decisione; e questa, qualsiasi essa fosse stata, doveva essere quella giusta e definitiva. Nonostante non avesse sonno tornò a casa e si mise a letto. Spense la luce e prima di addormentarsi gli vennero in mente le parole di Novalis: – L'artista sta sopra l'uomo come la statua sopra il piedistallo.

Arci riprese il suo lavoro come prima, sempre molto impegnato, serio e diligente. Con Isabel s'incontrò fuori dell'ufficio in un bar, dove in breve riepilogarono le loro vacanze. Ma Arci non sembrava del suo solito buon umore, era più taciturno, stringato nel racconto del viaggio, assorto in altri pensieri, preoccupato. Isabel notò questo cambiamento, ma non ne fece parola, riprommettendosi di esprimergli la sua impressione quando si fossero incontrati con calma.

Arci, dal suo ufficio, chiamò la banca e vendette tutte le sue azioni. Ne aveva parecchie e siccome erano al rialzo incassò parecchio denaro.

Isabel avrebbe voluto incontrarlo per quel fine settimana e in modo molto discreto glielo fece capire, ma Arci aveva un appuntamento importante con delle persone al lago di Como dove si sarebbe fermato fino a lunedí. Era una riunione di industriali, di esperti di finanza pubblica, di economisti, ma non ufficiale. Nel lusso di una villa bellissima, tra specialità culinarie e vini pregiati i competenti professionisti esprimevano tra di loro le preoccupazioni sulla situazione politica e finanziaria internazionale. Il rincaro del petrolio, la guerra in oriente, la rivoluzione nei Balcani, il cambio di presidenza in Russia, il dollaro alle stelle, imponevano delle misure di sicurezza per non far precipitare la borsa, il mercato che vedeva lievitare i prezzi in modo vertiginoso e con il governo che non si decideva ad avviare i giusti provvedimenti. Arci fece alcune proposte che ottennero un certo consenso, ma allo stesso tempo furono considerate, anche se risolutive, troppo innovative per le abitudini di pensiero della maggior parte dei contraenti. Così le proposte di Arci furono bocciate e passò invece la geniale proposta di rinviare la riunione al momento in cui certi problemi internazionali fossero maturati. Bisognava attendere ulteriori sviluppi politici, sia dall'occidente sia dall'oriente. Ad Arci venne in mente la storiella che il nonno raccontava volentieri quando non c'era veramente il desiderio di cambiare in meglio una situazione difficile:

– Un operaio delle ferrovie per passare casellante di un tratto di linea ferroviaria doveva sostenere un esame. L'esaminatore chiedeva:

– Come fa lei a fermare il direttissimo prima che raggiunga il ponte crollato?

– Corro sui binari incontro al treno e sventolo le bandierine di pericolo.

– C'è nebbia, non si vedrebbero.

– Allora metto i petardi sui binari che scoppiando avvertono il macchinista.

– I petardi sono bagnati.

– Suono la sirena a mano che si trova sul tetto della casa.

– Quella è rotta.

– Accendo un fuoco sui binari.

– Anche i fiammiferi sono bagnati.

– Uso l'accendino.

– Lei non fuma quindi non può avercelo.

– Allora chiamo Rosina.

– Rosina?

– Sì, mia moglie, e le dico, vieni Rosina affacciamoci alla finestra e guardiamo lo spettacolo.

Arci avrebbe voluto che l'economia internazionale si sganciasse dai rapporti politici tra le nazioni da renderla indipendente in modo che potesse meglio svilupparsi per risolvere i problemi contingenti a carattere finanziario. Ma allo stesso tempo le competenze giuridiche dello Stato dovevano salvaguardare il mercato interno attraverso leggi studiate insieme all'associazione dei produttori, degli industriali e degli esercenti. Soluzione di difficile realizzazione per alcuni, per altri impossibile nonostante Arci avesse dimostrato, con cifre e nomi, i progetti di grandi imprese a incrementare lo scambio utile alle parti degli stati interessati.

Martedì era in ufficio, salutò cordialmente la sua segretaria, riprese il suo lavoro. Il suo umore sembrava peggiorato, ricordava quello abulico e freddo di tempo addietro. Alla sera, stanco, si sdraiò sul sofà e si convinse che non era adatto o forse non ancora maturo abbastanza per inserirsi nel grande giro economico e politico. Si sentiva deluso di sé e di tutto l'ambiente. Incomprensione, paure, idee poco chiare? Quali erano i veri motivi che ostacolavano la sua ascesa? Poteva venir considerato un idealista? Pericoloso appellativo. O forse la causa principale era proprio l'ambizione di arrivare in cima troppo in fretta? Se avesse preso l'impegno con diplomazia, senza impuntarsi, forse sarebbe andato avanti. Ma il suo carattere non gli permetteva di aspettare un salto di qualità senza la sua energica partecipazione. D'altra parte Arci non voleva impegnarsi nell'arte perché la sua ambizione era fallita. Scegliere una strada perché l'altra è sbarrata significa accettare un ripiego, non è scelta libera. Questo Arci lo sapeva bene, ma allo stesso tempo sapeva che nel periodo delle vacanze non aveva pensato ad altro che alla sua pittura e all'arte in genere. Per lui non rappresentava essa una scappatoia, ma l'unica via che lo riconciliasse con la vita. Proprio per questo aveva deciso di accantonarla e di riprendere più strette relazioni con le persone dell'ambiente solito; per verificare se un successo in quella direzione gli avrebbe fatto dimenticare l'entusiasmo per la vita artistica. Il suo insuccesso non gli concedeva l'opportunità di scegliere tra due strade aperte. E questo lo metteva in crisi. Si sentiva costretto a prendere quella che avrebbe voluto decidere di scegliere liberamente.

Il giorno dopo durante la pausa di mezzogiorno attraversò a piedi il mercato nella piazza centrale. C'era un venditore ambulante che esponeva paesaggi dipinti ad olio. Si fermò a guardare. Alcuni non erano male. Chiese al venditore se li aveva dipinti lui. Alla risposta affermativa Arci volle sapere anche da quanto tempo dipingesse. Il pittore con barba bianca, lo sguardo mite, un po' timido si fece avanti:

– Da sempre, da quando ero ragazzo.

– E non ha avuto successo con la pittura?

– Perché no, ho vissuto di questa fino ad oggi.

– Ha sempre dipinto paesaggi?

– No, questa è soltanto una piccola mostra del mio lavoro. A casa ho molto di più, ritratti, nature morte, quadri astratti.

Arci si era fermato a guardare un paesaggio al tramonto, molto delicato di colori:

– Quanto costa questo paesaggio?

– Duecento Euro.

– Mi piace, lo compro.

Il vecchio pittore si fece raggiante nel volto. Prese il quadro, lo infilò in una busta di plastica e glielo consegnò; poi aggiunse:

– Se vuole visitare il mio studio, questo è il mio indirizzo.

Tirò fuori della tasca un biglietto scritto a mano con il nome e il recapito.

A casa il quadretto fu appeso in corridoio, ben illuminato e dava la prima impressione colorata a chi entrava.

Arci, per la prima volta in vita sua, si mise a fare il calcolo approssimativo di quanto spendeva globalmente in un anno e su quanti soldi poteva contare. Considerando l'ultimo incasso della borsa, i suoi risparmi, l'eventuale vendita della casa, vide che avrebbe potuto vivere dignitosamente ancora vent'anni senza lavorare, cioè senza guadagnare un soldo. Rimanere all'Assicurazione significava continuare a condividere una prassi stentoria, priva di vitalità e un mondo cui sentiva di non appartenere. Ma uscir fuori da quel giro significava rimanere isolato dalle organizzazioni che bene o male lo sostenevano e poteva essere alla lunga faticoso condurre una vita senza risorse di sostegno. Il lavoro rappresentava l'ambiente a cui poteva riferirsi, contatti, legami anche se formali, scambi; mentre senza tutto ciò si sarebbe sentito isolato e avrebbe dovuto ricominciare da capo ad allacciare nuove amicizie, relazioni, riferimenti. Nel caso la sua pittura avesse avuto un certo riconoscimento poteva anche contare su un ampliamento dei contatti con il mondo dell'arte.

Arci trascorreva momenti di spavalda sicurezza, alternati a dubbi cocenti: una volta vedendosi pittore affermato, l'altra un imbrattatele immerso nella solitudine avvilente. Che tipo di forza era necessario per decidere?

Pensò di trascorrere alcuni periodi di isolamento nella casa di campagna vicino a Praga con la speranza che un'atmosfera diversa potesse aiutarlo a pensare, a capire. Ma il geometra lo informò che i lavori di restauro non erano ancora terminati a causa di vari problemi tra cui l'allacciamento della corrente elettrica. Arci, per controllare lo stato dei lavori, tornò un fine settimana a visitare la sua casa che, nonostante fosse circondata dalle impalcature e all'interno dovessero ancora lavorare alla pavimentazione delle stanze, la trovò bellissima, proprio l'isola nella quale avrebbe trovato la forza per capire meglio l'indirizzo da dare alla sua vita.

La natura intorno, il verde nelle sue più svariate sfumature, il piccolo fiume Berounka, che sfociava più a valle nella Moldava, le colline che si alzavano in lontananza verso i monti boscosi della Selva Boema, lo colmavano di beatitudine. Così il contrasto tra natura e uomo, tra estensione e concentrazione, tra esuberanza vegetale e ragione cosciente creavano, nell'alternarsi polare, la tensione necessaria alla creazione artistica.

Quella casa poteva già rappresentare il primo passo verso una determinata scelta di vita o era soltanto uno svago dalle delusioni, dal lavoro, dai dubbi? Ebbe l'impressione che se avesse dovuto cambiare radicalmente il suo rapporto col mondo, il passaggio non doveva presentarsi come qualcosa di straordinario, come un salto nel buio o come un atto eroico, bensì come la conseguenza di una maturazione interiore, di una presa di coscienza alla quale non si può più dire : torna indietro.

Lo stato di sospensione da qualsiasi entusiasmo gli permetteva di guardare con distacco se stesso, gli altri, il lavoro e l'arte. Ma quanto poteva continuare a trattenere il suo temperamento dalla partecipazione attiva alla produzione, al coraggio di proporre una metodologia nuova di mercato o di stendere il primo colore sulla tela bianca? Nel primo caso l'effetto era condiviso da un collettivo responsabile, nel secondo era solo a subirne le conseguenze.

Una sera andò all'indirizzo datogli da quel pittore ambulante che aveva conosciuto al mercato. Si trovava nel quartiere più vecchio e più povero della città, rimasto intatto dalle bombe dell'ultima guerra.

Il pittore non era in casa, ma fu ricevuto dalla moglie, una vecchia signora molto gentile e cordiale.

Arci si guardò intorno: tutte le pareti erano tappezzate di quadri. La stanza dove fu ricevuto doveva fungere anche da atelier, gremita di oggetti, tappeti da per tutto, pelli di pecora coprivano il sofà, una grande stufa a legna dominava da un lato mentre dall'altro campeggiava un cavalletto da pittore su cui era appesa una grande lampada elettrica. Tutt'intorno scatoloni e scaffali ripieni di colori che creavano un'esedra compatta e impenetrabile. Sul piccolo tavolo in stile arabo pendeva un lampadario liberty coperto da un foulard rosa.

– Lei voleva vedere i quadri di mio marito? – chiese la moglie che senza attendere la risposta continuò – eccoli qua, una buona parte sono appesi. Di sera non c'è la luce giusta per goderli.

Arci si alzò e li guardò con attenzione. Poi rivolto alla signora chiese:

– Questo è il suo ritratto?

– Sì, di quando ero giovane.

– Assomigliante. Suo marito mi ha detto che lui dipinge da quando era ragazzo.

– Sì, all'incirca. Ma solo a venticinque anni ha scelto la pittura come professione.

– E avete sempre vissuto di questa?

– Certamente. In verità io l'ho aiutato, sono illustratrice, mi interesso di grafica e ho lavorato anche per lunghi periodi.

– Suo marito ha esposto le sue opere in gallerie importanti?

– All'inizio sì, poi il mondo è cambiato e mio marito no. Tutto qui il problema.

– Perché problema?

– Vede, quando non c'è la critica che ti sostiene, che non si prende a cuore il tuo lavoro, vieni dimenticato e allora ...

– Allora?

– Comincia la lotta per il quotidiano. Per mangiare tutti i giorni. La clientela si restringe, è quella che ama solo i paesaggi graziosi. Ma quadri come questo, vede - e si spostò verso l'angolo più buio della stanza a mostrare un quadro dalle impressioni di colori particolarmente vivaci che dovevano rappresentare una natura morta - non li accetta, non sa dove appenderli.

– Questo non lo avevo notato. E' bello, mi piace.

– Se lo prenda. Però questo costa di più di quelli che ha visto al mercato.

– Quanto?

– Cinquecento Euro.

– E ne ha parecchi in questo stile?

– Sí, ma sono tutti accatastati da una parte. Dovrei tirarli fuori. Se viene un altro giorno li possiamo mettere in ordine e appenderli.

– Va bene, ci penserò. Eventualmente telefono prima. Adesso devo andare. Mi ha fatto piacere conoscerla e saluti suo marito da parte mia.

Arci si aspettava un sostegno dal carattere filosofico, una nuova visione del mondo, una saggezza di vita che lo rassicurasse sul futuro, sulla strada da prendere. Ancora niente. Doveva lui stesso crearsi una metodologia, trovare una strategia per progettare una lotta contro i tentennamenti, i dubbi, le remore. A quarant'anni poteva considerarsi giovane abbastanza per ricominciare tutto da capo, ma avrebbe avuto ancora la forza per sostenere delusioni e solitudine? Isabel gli era vicino, poteva però pretendere che condividesse le sue scelte? Che soffrisse le sue titubanze? Che lo aiutasse ad avere fiducia?

Arci trovava benessere soltanto tuffandosi nei colori e nelle forme dei grandi pittori, nell'espressionismo di Emil Nolde o nell'impressionismo di Silvestro Lega. Disegnava, pitturava. I suoi colori stavano assumendo una tonalità più pensosa, erano meno attivi, sui verdi marci, sui lilla, i fondi sull'indaco; i blu scivolavano nel marrone, in sfumature viola terroso. Avrebbe volentieri mostrato le sue prime opere ad un critico conosciuto, ma non voleva rischiare il primo passo nell'ufficialità con un numero così esiguo di lavori.

Venerdì sera s'incontrò con Isabel. L'invitò a casa a mangiare da lui. Arci aveva fatto preparare da un cuoco tutta la cena. Come antipasti c'erano: bigné di tartufi neri, salmone affumicato, gamberetti sott'olio, accompagnati da olive in salamoia, formaggi francesi, e offrì come piatto principale asparagi in salsa tartara, insalata mista e per finire ananas con crema alla menta. Oltre al Barolo teneva in fresco un vino bianco secco dell'Alsazia. Fece del suo meglio per preparare una bella tavola con fiori e candele. Voleva creare un'atmosfera romantica e nonostante la sua inesperienza riuscì nell'intento.

Isabel rimase commossa per la calorosa accoglienza, gustò la cena e la compagnia di Arci che fu più brillante del solito, allegro, di buon umore come se tutti i pensieri che lo avevano tormentato fossero spariti e fosse invece come di ritorno da una grande vittoria. A tavola parlarono di tutto tranne dei progetti futuri. Arci voleva riservare loro un momento particolare e questo arrivò molto più tardi, a notte, quando il loro desiderio di intimità venne esaudito a letto e discretamente celato da un soffice piumino.

Isabel sapeva benissimo che Arci aveva qualcosa da dirle e immaginava anche che fosse qualcosa d'importante. Il suo comportamento a cena aveva mostrato l'eccitazione di chi ha raggiunto un risultato, ma che indugia a comunicarlo come se l'aspettativa e il mistero in cui intende avvolgerlo ne accrescesse il valore.

Arci raccontò del tempo trascorso a meditare una soluzione al suo stato conflittuale che non si presentasse irragionevole e velleitaria, né come un conforto alle delusioni, o una fuga dal mondo, ma come il naturale compimento di un percorso interiore. Non gli fu facile esprimerle tutti i passaggi, le sfumature, gli alti e bassi del suo stato d'animo. Riuscì, in ogni modo, a comunicarle il momento in cui, avvertendosi quasi immateriale, si sentì scrollare di dosso ogni remora, ogni paura, ogni pensiero scuro, e in cui percepì dominante il desiderio di presentarsi di fronte al mondo come un essere felice per sé e per gli altri. Con la certezza di amare la vita in qualsiasi forma essa si presentasse scelse, questo avvenne una notte mentre dal suo balcone guardava le stelle, scelse di abbracciare la musa dell'arte e di servirla con serietà e passione.

Quali fossero i primi passi da fare in questa direzione li supponeva, ma non ne era perfettamente sicuro. Ne parlò a lungo quella notte con Isabel e il giorno dopo.

Isabel non era rimasta sorpresa dalla decisione di Arci, sembrava che se lo aspettasse e ne fu entusiasta. Si congratulò con lui e nello stesso tempo gli fece presente le varie difficoltà di carattere pratico che si presentavano all'inizio: il licenziamento, la permanenza nella stessa città, la vicinanza al vecchio ambiente, il necessario isolamento per concentrarsi nell'arte, per ricevere l'inspirazione, per liberarsi dalle vecchie abitudini. Tutti aspetti che Arci aveva appena sfiorati, di cui sapeva che avrebbe dovuto prendere in considerazione, ma non cosí radicalmente come Isabel gli prospettava. Si rese conto che una donna è molto più pratica di un uomo, che va sempre a definire i contorni di una situazione come in un disegno nitido e non sfumato.

Per Arci era scontato che dovesse licenziarsi dal suo impiego all'Assicurazione, ma non sapeva ancora in che modo. Si sentiva a disagio dover sopportare tutte le domande dei colleghi e l'appellativo di pazzo, di irresponsabile, di idealista, di sognatore, che avrebbe ricevuto dal capoufficio, dal capo del personale, dal direttore generale.

Isabel allora gli prospettò l'idea di sparire completamente, di spedire la lettera di licenziamento per posta, di cambiare casa, anzi paese, di andare all'estero, di non farsi più vedere e di intrattenere le relazioni ufficiali per le dovute pratiche tramite casella postale, senza lasciare quindi l'indirizzo della nuova abitazione. Questo significava prendere le necessarie distanze da un mondo che desiderava abbandonare, altrimenti avrebbe ricevuto lamentele da tutti, forse anche dalla moglie, e che lo avrebbero disturbato nel suo lavoro.

Arci ne rimase convinto; così iniziarono a progettare insieme il grande rivolgimento, punto per punto, perfino nei particolari più insignificanti. Sembravano due ragazzi che giocassero a rapinare una banca o a preparare la fuga da un assedio. Tutti i movimenti furono considerati, tutte le scappatoie escogitate per evitare ad Arci la noia di sentire le esclamazioni di dissenso degli amici, dei colleghi, dei parenti.

– Di che cosa ha bisogno un artista? Di pace, di un ambiente confortevole immerso nella natura, lontano dal frastuono della città, dal nervosismo della vita moderna, dal traffico, dai telefoni, dai computer. Solo con le sue tele, i suoi colori, le sue immagini.

Così Isabel si espresse con il tono eccitato di chi sostiene un eroe prima dell'incontro col nemico.

Arci considerò questa calorosa partecipazione il segno, l'impronta, la rivelazione del vero amore. Si consolidò la fiducia di poter contare sull'aiuto, sul sostegno, sulla comprensione dell'essere amato. Non è forse sempre così che chi ti ama è l'unico a capire i tuoi desideri e per di più a farli suoi? Perché se li ama scorge in te tesori nascosti che nessun altro è capace di apprezzare. Questa è la condizione dell'amore, altrimenti è solo sessualità che si può praticare con chiunque abbia i requisiti necessari. Arci ne era persuaso e si sentì appagato dall'entusiasmo con cui Isabel aveva accolto la sua decisione. Non rimaneva che attuare il piano.

Stabilirono che il giorno della partenza doveva essere un sabato mattina e spedire la lettera di licenziamento all'ufficio dell'Assicurazione quella mattina stessa in modo che giungesse a destinazione non prima di lunedì o martedì. Nella lettera si comunicava inoltre il numero della casella postale, e che Arci partiva dalla sua città per destinazione ignota.

La segreteria telefonica venne disattivata. Un'altra accortezza di Isabel fu quella di consigliarlo a non tenere la stessa auto, ma di venderla nel paese dove si stabiliva e comprarne una usata in modo che non fosse raggiungibile attraverso il numero della targa. Inoltre Arci doveva, prima di partire, trasferire la maggior parte del suo importo di denaro nel conto da aprire alla banca di Praga per sganciarsi il più possibile da tutto e rendere così agevoli i pagamenti necessari.

Arci si sarebbe trasferito nella casa di campagna vicino a Praga appena fossero terminati i lavori di ristrutturazione.

Solo Isabel poteva conoscere il suo recapito dove lei avrebbe spedito la posta che prendeva in consegna dalla cassetta delle lettere e dalla casella postale di cui teneva le chiavi. Arci le dette una certa somma in contanti per le spese minute e per l'incomodo e stabilirono che lei sarebbe andata a trovarlo una o due volte al mese a fine settimana. Per i primi giorni Arci l'avrebbe chiamata al telefono a casa sua per comunicarle in quale albergo alloggiasse.

Arrivò il giorno stabilito, il 28 ottobre, sabato. Arci aveva preparato i suoi bagagli, prese naturalmente con sé il cavalletto, i colori, alcune tele grandi e piccole, blocchi di carta per disegno, insomma tutto il necessario per pitturare. Portò con sé solo alcuni suoi quadri per appenderli nella nuova abitazione con l'intenzione, in un secondo momento, di venire a prendere gli altri.

Erano le sette di mattina. Imbucò la lettera di licenziamento nella buca più vicina, salì in macchina e partì.

Capitolo II

Isabel Dorn

Come al pruno in primavera nascono i fiori così anche alla famiglia Dorn in aprile nacque Isabel.

Il padre, Joseph Dorn, ancora giovane, uscì dal giro della malavita, droga, ricatti, sfruttamento di minorenni nella prostituzione, in cui era coinvolto, non con poca fatica a causa di legami familiari. Tranne la madre, che si disperava nel vedere crescere il figlio in quell'ambiente, tutti i parenti erano più o meno impigliati nella rete del male-affare.

Joseph Dorn per amore verso la madre e per aver visto il padre fare una brutta fine a causa di un incidente misterioso, cambiò vita, aria, amicizie e città; e, per riabilitarsi al cospetto della società e agli occhi propri, trovò un lavoro onesto a cui si dedicò con serietà.

Nei suoi precedenti contatti aveva conosciuto una ragazza nel giro della prostituzione di cui si era innamorato. Joseph le chiese di mettersi con lui e di condividere la vita semplice e modesta a cui aspirava e le espresse il desiderio di formare con lei una famiglia. Lei, Anne, pur incredula per l'inusuale offerta, avrebbe accettato se non avesse dovuto rimanere tutto il tempo a casa da sola a rigovernare o a cucinare, cosa per la quale si sentiva radicalmente allergica. Joseph si rese conto che non sarebbe stato facile organizzare la vita in modo da crearle un'attività soddisfacente per non tenerla legata alle faccende di casa, ciò nonostante promise che si sarebbe impegnato a soddisfarla nel modo più confacente alla sua indole. Promise anche che se non vi fosse riuscito, lei sarebbe stata libera di tornare al vecchio ambiente. Siccome a promessa risponde promessa, Joseph di rimando le chiese di sospendere la sua attività, senza motivare questa sua richiesta sembrandogli più che legittima. Anne, sapendo quanto difficile sarebbe stato per Joseph mantenere quell'impegno e considerando troppo misero il suo apporto di denaro per assicurarle una vita discreta, propose di continuare quell'attività ancora per un anno così da mettere da parte una certa somma, e nello stesso tempo esprimendo il desiderio sincero di uscire dallo sfruttamento delle produzioni cinematografiche porno di cui si sentiva nauseata.

Ci fu una trattazione lunga a base di varie denominazioni di cui per la prima volta presero coscienza: indipendenza, lusso, essenzialità, modestia, compiti, doveri, tranquillità, rischio, spregiudicatezza, coraggio, libertà; tutte nominate a sostenere ora una tesi ora l'opposto, convalidate da esempi clamorosi, da riferimenti a fatti avvenuti, a drammi, a tragedie passate. Stabiliti tutti i punti si misero insieme e nessuna coppia fu più felice di loro quando coronarono il loro equilibrato accordo con la nascita di una bambina, di Isabel appunto.

Ad Isabel furono elargite tutte le cose più belle che poterono procurarle alle quali aspiravano i genitori stessi per dare un certo lustro al loro stato e che, allo stesso tempo, la bambina pretendeva sembrandole sue di diritto.

Joseph aveva iniziato come manovale in una fabbrica poi lavorò come meccanico in un'officina per qualche anno. Divenuto esperto e abile rischiò di mettersi in proprio sostenuto dalla madre che finalmente vedeva il figlio libero dai vecchi legami e forte abbastanza per farcela da solo a sostenere il gravoso percorso della vita. Gli andò bene, i clienti erano numerosi e soddisfatti per cui, dopo un periodo iniziale, gli affari prosperarono. Anne teneva l'amministrazione, prendeva gli appuntamenti, scriveva le fatture nel suo piccolo ufficio di cui si sentiva orgogliosa e che aveva abbellito con fiori e manifesti di auto antiche. Faceva la spola tra la casa e l'officina cercando sempre di sottrarre meno tempo possibile alla sua piccola Isabel che era affidata, per la maggior parte del tempo, alla nonna. Poi venne l'asilo, la scuola e la bambina crebbe sempre più bella, buona, affettuosa, educata e intelligente. All'età di circa quattordici anni, Isabel cambiò, divenne un'altra, come se le premure, l'affetto e i buoni principi educativi avessero procurato il risultato contrario. I genitori non la riconobbero più: era diventata capricciosa, disobbediente, volubile, si sentiva magnetizzata da tutte le novità della moda, eccitata dall'esuberanza del corpo che come un fiore in vaso si era vista sbocciare addosso, e troppo apprezzato dalla società maschile. Suggestionata dal ritmo martellante e ossessivo di certa così detta musica, si tratteneva notti intere nelle discoteche. I tentativi adottati dal padre e dalla madre per incanalare la sua vitalità verso gli impegni scolastici e per educarla a una condotta più rispettosa e salutare, non ottennero altro risultato che l'inacidirsi dei loro rapporti e il pericolo di perdere quel minimo controllo che ancora riuscivano ad esercitare.

A diciassette anni si volle sposare con un tipo che a seconda dei genitori era un poco di buono; e siccome loro avevano esperienza diretta di certi comportamenti, la sconsigliarono ripetutamente, ma lei non li ascoltò neppure, ostinata com'era.

Fu un amore breve: tre anni di passione, dopo i quali fu sufficiente un'ora di ripicche, di rimproveri, di ricatti, di affari andati male, di mani alzate, per dissaldare quello che sembrava un'unione duratura.

Così a vent'anni Isabel si trovò per strada, ovvero senza casa, con due spiccioli in tasca, una valigia. Tornò dai genitori i quali, quando la videro, si fecero una gran bella risata a conferma del loro giudizio espresso su quel tipo già tre anni addietro, e Isabel accettò lo spirito brioso e arguto con il quale commentarono l'accaduto sembrandole quello il miglior balsamo per curare e cicatrizzare la ferita.

La madre aveva avuto buone relazioni con diversi tipi al tempo del suo impegno nella prostituzione, e uno di questi era il direttore di una scuola per segretarie d'azienda. Riuscì a incontrarlo e lo pregò di aiutare sua figlia che voleva diventare segretaria.

Isabel non aveva nessuna intenzione di chiudersi in un ufficio, ma questa volta o seguiva i consigli e le proposte dei genitori o si ritrovava di nuovo sola per strada perché si accorse che, nonostante il forte affetto, essi non avrebbero ceduto una virgola.

Frequentò per tre anni quel corso e malgrado saltasse spesso le lezioni e si comportasse in modo strafottente, grazie a quell'amicizia e all'interessamento della madre, ottenne il diploma.

Il direttore, che le aveva più volte messo gli occhi addosso, non voleva farsi sfuggire una così bella e giovane donna e, non potendo per il buon nome della scuola compromettersi, la raccomandò presso un amico che aveva un'agenzia turistica per prenderla in prova qualche mese così da poterla tenere sott'occhio e per chiederle, in cambio sia del diploma regalato sia del posto di lavoro procuratole, prestazioni amorose.

Isabel aveva imparato dai genitori e a sue spese che, secondo una mentalità molto diffusa, non si dà nulla per niente, per cui si sentì costretta ad accettare, soprattutto per sentirsi appoggiata nel caso la prova non risultasse soddisfacente al direttore dell'agenzia turistica.

Infatti, non avendo studiato abbastanza durante il corso, si sentì sprovveduta e incapace di svolgere il suo lavoro come avrebbe dovuto, inoltre impegnata a sostenere il confronto con la collega molto esperta che si lamentava della mancata assunzione di una sua cara amica che invece era bravissima.

Isabel capì che metteva in gioco il suo futuro e che sarebbe stata eternamente succube dei ricatti degli uomini se non si fosse messa a studiare e a ricuperare il tempo perduto. Con costanza e con un sacrificio che lei non aveva mai conosciuto, ma di cui si sentì orgogliosa, si applicò allo studio delle lingue, all'uso dei sistemi computerizzati, imparò a memoria tutte le possibili nozioni di geografia, i collegamenti aerei, e in buona parte anche le tabelle degli orari dei voli internazionali. Si costrinse ad essere gentile anche con quei clienti noiosi e importuni che avrebbe mandato volentieri al diavolo. La sua pronta intelligenza, la sua memoria brillante, l'urgenza di rendersi indipendente e l'orgoglio di fare bella figura sul lavoro fecero il resto. In poco tempo divenne una perfetta collaboratrice, una simpatica collega, un sostegno valido per l'agenzia.

Sentendosi così più sicura e considerando che avrebbe potuto offrire la sua collaborazione anche in altri uffici, forse più interessanti, prese il coraggio di interrompere il rapporto con il direttore della scuola, il quale la minacciò immediatamente di influenzare la valutazione del periodo di prova agli occhi del suo amico dell'agenzia per farla licenziare. Ma Isabel, che non si lasciava certo intimidire, gli rispose che aveva migliorato il suo rendimento e che era ben considerata dal suo capo per cui sarebbe stato difficile fargli cambiare opinione; inoltre, a ricatto risponde ricatto, avrebbe scritto una bella lettera a sua moglie per farle sapere da quanto tempo e con chi il marito se la spassava. Isabel vinse naturalmente la schermaglia di minacce dopodiché si sentì libera e soddisfatta.

Trascorse un periodo sereno, in cui ricuperò forze fisiche e psichiche. La sua esuberanza non le permetteva però di lasciarla quieta, e la sua ambizione già premeva da tutte le parti facendole sognare impieghi molto più importanti e impegnativi. Fermarsi a organizzare i voli per i turisti non era la sua aspirazione.

Riconoscendo l'importanza delle relazioni e delle amicizie per tentare salti più lontani e attraenti si mostrò più seducente con il direttore dell'agenzia che, apprezzando l'atteggiamento di simpatia nei suoi confronti e a motivo anche della sua bella presenza, la invitò alle feste a cui partecipavano esempi della buona e ricca borghesia.

Ad una di queste conobbe un pittore che aveva ottenuto un discreto successo nel mercato d'arte e col quale, per affinità, nacque un reciproco scambio di simpatia. Alvarez era di origine argentina, artista dalla testa ai piedi, come si soleva autodefinirsi, indipendente da qualsiasi corrente pittorica, astratto e concreto, come diceva lui, e che faceva di tutto per farsi riconoscere da lontano come un tipo eccentrico, estroso e originale. Riusciva ad accostare nel suo portamento l'eleganza trasandata, la simbologia scurrile e provocatoria negli ornamenti tipo anelli, spille, orecchini; il manierismo nel parlare, intercalato da espressioni rozze e indecenti, e, nel rapporto con i presenti, una spiccata tendenza all'etero-sessualità; ecco, di lui s'innamorò Isabel ritenendolo il non plus ultra della personalità libera e spregiudicata.

Isabel non aveva mai avuto interesse per l'arte e manteneva nei confronti della pittura di Alvarez il distacco di chi non ha opinioni in proposito e non vuole averle, sentendosi molto più legata al successo esteriore e al denaro. Infatti aveva sperimentato fin da giovane quanto quello fosse essenziale come strumento per ottenere affermazione, rispetto e benessere generale. Considerava altresì secondario che i propri termini di giudizio estetico avessero una gamma espressiva molto ristretta, dovuta al suo basso livello culturale; ed era arrivata a questa conclusione per aver notato che la maggior parte delle persone da lei frequentate era più incline a perdonare quella che non un basso tenore di vita.

L'occasione per dare un'impronta migliore alla sua vita tramite il lavoro le venne offerta dal bando di concorso per segretaria alla Società di Assicurazioni Generali. Vi avrebbe partecipato con la speranza di poter vincere uno dei due posti offerti alle aspiranti, ma c'era un ostacolo che non sapeva come aggirare o superare. Si richiedeva esperienza nel settore specifico di almeno dieci anni, dimostrabile attraveso i contratti delle ditte o aziende nelle quali si era prestato il servizio e l'impiego. Isabel era stata solo sette anni all'agenzia turistica e non avrebbe potuto concorrere. La sua ambizione non le permise però di rinunciare e tentò un raggiro che le costò non poco sacrificio. Il piano era quello di sedurre il suo capo dell'agenzia turistica e farsi da lui falsificare il contratto, cioè anticiparlo di tre anni. Questa volta usò, invece della esuberante avvenenza e della diretta lusinga, l'atteggiamento di chi, in preda alla malinconia per mancanza d'affetto, sia in cerca di qualcuno che svolga le veci del padre comprensivo e benevolo. Il suo capo non più giovane, aveva superato la sessantina, che non sperava più di piacere a chicchessia fu travolto dal ruolo in cui fu precipitato e perse la testa per la bella e 'buona' e 'sola' e 'triste' Isabel.

Lei, adducendo la necessità di cambiare ambiente di lavoro per sentirsi ripagata dei suoi cosiddetti insuccessi nella vita e per avere un più libero rapporto con lui, a lui, come a un padre, chiedendo consiglio, si rivolse per farsi aiutare a superare l'ostacolo della presentazione della domanda che richiedeva dieci anni di servizio. Cosa fare? Come superare questo insormontabile scoglio? Lei che incolpava la vita e il destino di non esserle stato amico, di averla sempre mal ripagata per tutta la sua abnegazione e fiducia, adesso che poteva forse fare un salto di qualità si trovava alle prese con uno stupido problema di anni, di mesi, di giorni. Le lacrime e varie scene di disperazione abbatterono l'ultima eventuale e temuta resistenza per cui il suo capo, di sua iniziativa, propose di falsificare il contratto con il quale lei era entrata a lavorare da lui.

Se il primo ostacolo era superato ora bisognava affrontare quello più difficile cioè prepararsi molto bene, studiando come non aveva mai fatto prima, perché sapeva che il concorso era difficile da vincere.

Ma al concorso nonostante l'impegno prodigato, la spigliatezza e sicurezza esibite a frastornare il giudizio della commissione, arrivò terza. Sconfitta. Fu una grande delusione perché pensava proprio di avercela fatta, allo stesso tempo soddisfatta di avere raggiunto un così alto punteggio superando centoventotto concorrenti che sicuramente avevano tutte più esperienza di lei. Isabel sconfitta? Non le sembrava un termine che le si addicesse.

– Se una delle due vincitrici rinuncia all'incarico entro in graduatoria – pensò – e una di loro dovrà rinunciare o con le buone o con le cattive. Prima di tutto bisogna andare a conoscerle, incontrarle, sapere che tipi sono, quindi seguirà il piano d'attacco.

Non le fu difficile attraverso i nominativi rintracciare i loro indirizzi e numeri telefonici. Alla prima chiese un incontro per conoscere da lei le indicazioni migliori per diventare una segretaria perfetta, per farsi suggerire i consigli più opportuni e quegli aspetti da curare per conseguire un domani o a un altro eventuale concorso un primo posto e un impiego sicuro. Si presentò come un agnellino, vestita modestamente, la gonna lunga fino ai piedi, i biondi capelli raccolti all'indietro, quasi senza trucco, sorridente e con un'espressione mesta, di subordinata. La vincitrice vedova da dieci anni senza figli, aveva lavorato come segretaria vent'anni in un'industria metallurgica molto importante fuori città, e aveva deciso di non stancarsi più a viaggiare continuamente per andare a lavorare per cui aveva concorso per un impiego vicino casa. Una donna semplice, senza particolari velleità, contenta del risultato, ma non orgogliosa, rispose in modo molto succinto alle richieste di Isabel e augurandole buona fortuna la licenziò dopo poco più di mezz'ora. A questa non sarebbe stato facile farle cambiare destinazione.

La seconda invece era un tipo molto nervoso, all'apparenza fragile, giovane, sui trentacinque anni. Accettò di parlare con Isabel e in un incontro come tra amiche, le raccontò tutta la sua storia, mostrandole anche i lati deboli, la sua delusione col marito che l'aveva lasciata dopo cinque anni di matrimonio e il bisogno di lavorare per dimenticare i brutti momenti e per non annoiarsi. Dispiaciuta per Isabel che non era riuscita nel suo intento, si prodigò a spiegare i punti essenziali per vincere un concorso: era necessario un diploma con i voti più alti, la conoscenza base delle terminologie di vari settori come economia, politica, industria, la conoscenza dei vari sistemi di comunicazione, informatica, e quello che aveva pesato a suo vantaggio era la capacità di parlare correttamente quattro lingue straniere, inglese francese, spagnolo e russo. Isabel rimase frastornata dalla marea d'informazioni e dalla facilità di spiegazione come dalla rapidità con cui questa segretaria, di nome Ivana, passava da un argomento all'altro nello stesso modo con cui si mostrano i vestiti nel guardaroba. Isabel a sua volta raccontò di sé inventando situazioni incresciose, delusioni sentimentali, anni di duro lavoro, di studi faticosi, di solitudine. Decisero di vedersi più spesso per raccontarsi le loro storie con più calma e di trascorrere insieme qualche serata piacevole.

Isabel capì, dal panorama che le si era presentato, che poteva tentare una via per convincere questa Ivana a scegliere un indirizzo diverso sospingendola, attraverso un sentiero tortuoso, nell'intricato labirinto della passione amorosa. Se avesse condotto i passaggi in modo attento e persuasivo sarebbe riuscita a farla cadere nel tranello senza scampo. Ma il tempo stringeva, l'assunzione era per l'autunno, settembre, e si era già a metà luglio.

Quando si rividero Isabel si fece accompagnare da Alvarez che presentò come suo fratello, nato dalla prima moglie di suo padre. Alvarez che per l'occasione si era vestito in modo più decente, si mostrò un corteggiatore raffinato, accennando qua e là alla sua cultura artistica, senza in un primo momento sfoggiare la sua aspirazione di pittore, facendo credere di essere un idealista, un sognatore, e snocciolando con sobrietà le sue conoscenze altolocate. Il terzetto s'incontrò più spesso. Alvarez fu sempre più stringente con Ivana, fino a quando riuscì a vederla da sola, a dichiararle il suo amore e senza troppa fatica a condurla a letto. Così, seguendo le istruzioni minute e dettagliate di Isabel, Alvarez svolse il suo compito alla perfezione. Fu organizzato un party truccato, cioè con amici che dovevano rappresentare personalità della cultura, in una villa lussuosa di un amico che era partito per le vacanze. Ivana rimase affascinata dalla benevola accoglienza e dal savoir fair del suo amante. Adesso Alvarez doveva toccare il punto più difficile che era quello di convincere Ivana a rinunciare al suo squallido posto di segretaria all'Assicurazione per quello più ambito presso qualche personalità in vista, non solo come segretaria, ma anche come accompagnatrice nei vari spostamenti e viaggi all'estero. In realtà a Ivana quell'impiego adesso non importava più di tanto, presa come era ora dall'amore con Alvarez. E se lui gli avesse proposto qualsiasi altra cosa lo avrebbe seguito ovunque. Così a settembre scrisse la lettera di rinuncia al suo posto adducendo problemi di salute. Alvarez continuò a vederla come se il suo freddo compito di far innamorare una donna si fosse lentamente scaldato e non gli dispiacesse più incontrarla e non lo considerasse più un sacrificio bensì un piacere anche tenendo conto della calda ospitalità che Ivana gli offriva nella sua bella casa.

Isabel aveva raggiunto il suo scopo: Ivana rinunciava all'incarico, e di questo era soddisfatta, ma non della nuova relazione che si era accesa tra i due. Isabel ne moriva di gelosia, ma si tenne ben nascosti i suoi risentimenti. A settembre fu chiamata dall'ufficio del personale della Società di Assicurazione per firmare il contratto di lavoro e fece il suo ingresso trionfale nell'ufficio a lei destinato alle dipendenze del dottor Arci Clemens Molina.

Capitolo III

Parentesi

Ivana, naturalmente, venne a sapere dell'assunzione di Isabel all'Assicurazione e il dubbio che fosse stata ingannata da Alvarez e da sua sorella, così come l'avevano ingannata anche sulla parentela, la spinse a indagare sulla verità. Non si lasciava sfuggire occasione per rivolgere al suo amante domande a trabocchetto per carpire i veri sentimenti di ambedue. Alvarez non si lasciava andare a confessioni pericolose, ma eludeva le indagini di Ivana con una certa primitiva grossolanità, per cui lei avvertì che non le sarebbe stato difficile di raggiungere il suo scopo spostandolo di poco nel tempo.

Dell'impiego al quale aveva rinunciato, per insistenza di Alvarez, non gliene importava un gran che; sapeva che con la sua esperienza e pratica ne avrebbe trovato un altro senza tanti problemi, forse anche più interessante, e la sua condizione le permetteva di aspettare senza urgenza. Inoltre si considerava fortunata di avere conosciuto Alvarez che, pur essendo un tipo eccentrico o forse proprio per questo, lei amava e al quale, via via che i giorni trascorrevano, si sentiva sempre più legata. Alvarez, che in Ivana aveva trovato proprio quello di cui aveva bisogno: precisione, sicurezza, lucidità, razionalità da una parte e dall'altra la tendenza all'affetto tenero e sentimentale, si sentì profondamente dipendente e attratto da lei come il polo negativo da quello positivo. Isabel era sicuramente più avvenente, ma pericolosa, incostante, con troppe idee nella testa per uno a cui occupavano e ingombravano abbastanza le proprie.

A Ivana piaceva la pittura di Alvarez e di lui soprattutto il tentativo di imporre nel mercato la sua propria visione coloristica e formale dell'essere umano attraverso sentimenti espressi, secondo lui, volutamente esuberanti, ma non lasciando la struttura della pittura astratta. Quindi una specie di simbolismo incomprensibile. Ivana lo sosteneva, era convinta della riuscita del suo artista e si prodigò ad organizzargli mostre e a prepararli vernissage importanti.

Isabel intanto era molto impegnata nel suo lavoro alle dipendenze del dottor Molina il quale, abituato con la sua precedente segretaria, andata in pensione per limiti di età, si accorse della differente preparazione e della immatura esperienza. Isabel però adoperò tutte le risorse a sua disposizione per far bella figura e dopo pochi mesi riuscì a conquistare la fiducia del capo e ad essere considerata una segretaria abile e corretta.

Isabel ebbe inoltre l'accortezza di non sfoggiare la sua bellezza fin dall'inizio, ma di lasciarla erompere lentamente, con una progressione studiata nei minimi dettagli. Il suo capo era un uomo piacevole, cordiale, di bell'aspetto, ancora abbastanza giovane e a Isabel le traversò di sfuggita il pensiero di farselo più amico, di entrare di più in intimità con lui così da poterlo conoscere meglio, per venire a sapere qualcosa sulla sua vita passata. Ma ben presto si accorse che dal lato della seduzione il dottor Molina era insensibile o almeno molto resistente. Isabel non poteva arrendersi così facilmente e aggirò l'ostacolo cercando di capire, attraverso un'abbozzo di analisi della personalità, quale fosse il suo punto debole, quello forte, le eventuali paure, le sue sicurezze e conoscere quindi, attraverso il repertorio delle sue esperienze, le delusioni, le conquiste, le rinunce, per tentare di prevedere le sue possibili mosse future scaturite dalle ambizioni sotterranee, dalle reazioni alla vita non perfettamente realizzata.

Scoprì molto presto che il dottor Molina, pur essendo molto rigoroso e a volte pedante nello svolgimento del suo lavoro, mostrava altresì una vivacità e una mobilità di pensiero e di sentimenti che la colpirono. Soprattutto dopo aver terminato i sondaggi di mercato, compilato e studiato i dati economici, redatto i contratti internazionali, si lasciava andare a parlare liberamente senza formalità, sul suo modo di vedere la vita e l'uomo, sia che ne sottolineasse i grandi impulsi sociali e umanitari sia che severamente criticasse il lavoro e lo definisse spesso come una prigione d'argento. Questo avveniva di solito durante i viaggi, alla sera al ristorante, nella hall di un albergo, o qualche volta anche nel suo ufficio quando, per un ritardo nell'orario di lavoro, si trovavano soli e stanchi a fare il punto sul risultato della giornata.

Isabel, attraverso domande discrete espresse ingenuamente e con perifrasi ben calibrate, venne a conoscere il suo stato familiare: separato, non divorziato, senza figli; la sua base economica: considerevole, in parte avuta in eredità dal nonno; e la sua assicurazione sulla vita che alla sua morte sarebbe andata alla moglie. Erano questi, secondo Isabel, i punti essenziali sui quali poteva programmare la relazione col suo capo: o mantenere un ottimo rapporto di lavoro per conservare il suo posto e forse anche per salire di grado (cosa a cui aspirano sempre tutti), o invece coinvolgerlo in una passione amorosa tale che le consentisse un ben più stabile futuro e una più ricca sistemazione.

La relazione di Alvarez con Ivana non era stata assolutamente prevista da Isabel, sicura del suo fascino e della sua influenza sull'amante, e le si era conficcata nel fianco come una grossa spina, pur sapendo che era stata proprio lei a tessere la ragnatela per la tresca amorosa, ma sperava che Alvarez si limitasse a far girare la testa ad Ivana quel tanto necessario per convincerla a rinunciare all'impiego. Invece adesso era rimasta sola, sola a meditare sul suo futuro.

Nel frattempo Ivana era venuta a scoprire la precedente relazione di Alvarez con Isabel, e quindi che non erano fratello e sorella. E, per non disturbare il suo rapporto con Alvarez, non lo accusò di truffa alla quale, in un certo senso, era riconoscente perché le aveva procurato un uomo appassionato, interessante, spregiudicato che le aveva rinnovato la vita. Ma Isabel doveva pagarla, per il modo subdolo con il quale aveva diretto tutto l'imbroglio. Ivana aveva subito capito che Alvarez era un ingenuo e che era stato solo lo strumento dell'inganno. Ivana temeva tra l'altro che Isabel volesse riprendersi il suo ex amante, per cui stava attenta ad ogni mossa sia di lui sia della bella segretaria.

Capitolo IV

Il ritiro

Arci giunse alla casa di campagna ceca con la speranza di potervi abitare al più presto, ma fu costretto a stabilirsi in una pensione vicina per un tempo maggiore di quanto avesse previsto, non essendo ancora terminata la ristrutturazione. Ebbe il modo così di seguire i lavori con il geometra per apportare alcune modifiche e miglioramenti. Nel frattempo cercò nei paraggi l'arredamento di suo gusto, comprando vecchi mobili ad un prezzo abbastanza economico, sebbene alcuni di essi fosse costretto a farli restaurare. Quando la casa fu terminata provò un piacere mai prima vissuto a decidere, senza l'ingerenza di congiunti o parenti, l'arredamento e l'organizzazione della propria vita. Il letto era un tavolaccio coperto da un materasso basso di crine, il cassettone era un vecchio mobile di noce dal colore bruno, così l'armadio a due ante; la cucina aveva i fornelli alimentati con la bombola del gas, le stoviglie in parte appese ad una struttura di legno attaccata alla parete, in parte appoggiate ad un proseguimento del davanzale della finestra; un piccolo tavolo, logorato dal tempo e dai commensali che vi avevano consumato i loro pasti da almeno due secoli, stava in mezzo alla stanza.

La casa era suddivisa su due piani: al piano superiore c'era la camera da letto e ad essa contigua una stanza più grande che Arci aveva deciso di adattare ad atelier essendo più luminosa; sotto si trovavano la sala, la cucina e il bagno che era completamente nuovo. Le pareti erano bianco calce, il soffitto con le travi di legno scuro, il camino di pietra locale grigia, il pavimento di mattoni rossi.

Arci aveva appeso solo tre dei suoi quadri, in modo da lasciare alcune zone bianche per mantenere l'ambiente semplice, spoglio il più possibile, entro al quale voleva vivere finalmente libero da tutte quelle suppellettili, ninnoli, soprammobili, stampe, quadri, ovvero da tutto ciò che gli aveva impedito di sollecitarlo a nuove immagini, nuove rappresentazioni, come invece si può essere stimolati davanti ad una superficie vuota, bianca, su cui lo sguardo viene rigettato indietro, per cui ti sorgono dentro le forme e i colori da contrapporre a quella spietata presenza senza volto.

Infatti uno dei suoi esercizi era quello di immergersi nella tela bianca per il tempo necessario a far sorgere un certo dolore interiore dovuto all'assenza di forme e colori del bianco e quindi di qualsiasi sentimento, di ogni vitalità animica, fino ad avvertirlo insopportabile per poi contrapporgli, a propria salvezza, un colore, o quel colore che in quel momento rispecchiava un suo sentimento. Così, attraverso questo alternarsi di dolore e sollievo, malattia e salute, negativo e positivo, riusciva a creare tonalità e tensioni di forme che lo appagavano e che lo sostenevano a credere al processo creativo come al processo portante l'esperienza della libertà. Si trovava così a stare in mezzo ai due poli, ai due estremi, a due opposti, attraverso il dare e il ricevere, essere e non essere, cosciente di vivere in mezzo a due forze alle quali concedere il proprio sé in modo alternato per ottenere la risultante che doveva essere lui stesso.

Davanti a casa si apriva uno spiazzo erboso circondato da noccioli di basso fusto. Un viottolo di ghiaia conduceva ad una strada bianca sterrata che dopo qualche chilometro incrociava la strada statale asfaltata.

Si era a novembre e Arci doveva prepararsi ad affrontare l'inverno. Aveva legna sufficiente raccolta dietro casa sotto una tettoia, ma per lui era la prima volta a dover spaccare la legna, accendere la mattina presto il fuoco nel camino, per non morire di freddo. Al piano superiore aveva disposto due stufe a gas per quando doveva stare davanti al cavalletto delle mezze giornate o per intiepidire la camera da letto e per asciugarla dall'umidità portata dalla pioggia autunnale. Avrebbe resistito al nuovo modo di vivere, molto spartano, in confronto al suo precedente? Questa prova che si era imposto lo eccitava come un bambino di fronte ad un'avventura pericolosa.

Nella città vicina di Rakovnik avrebbe fatto la spesa da conservare nel frigorifero per almeno qualche giorno, senza così dover andare troppo spesso in città. Per la biancheria se la doveva lavare a mano, mancando la lavatrice, e a stirare per adesso non ci pensava, nonostante considerasse opportuno chiamare una donna del luogo in caso di bisogno. La luce elettrica non mancava, ma i chilowatt erano pochi e non poteva attaccare troppi elettrodomestici. Per il bagno si scaldava un pentolone d'acqua e con questo risolveva la sua necessità che, rispetto a prima, doveva essere diradata nel tempo, essendo abituato a fare la doccia tutti i giorni. Aveva cercato di pensare a tutti i bisogni, ma non essendo pratico si accorse che spuntavano da ogni parte piccole difficoltà a cui non aveva pensato. Per esempio: quando tirava vento, e questo avveniva di solito alla sera, e spesso anche di notte, il fumo rientrava dalla canna di ventilazione e riempiva tutta la casa. Non era opportuno aprire le finestre perché entravano il freddo e la pioggia, per di più correndo il pericolo che sbattendo per la corrente d'aria, andassero in frantumi i vetri. Quando c'era il temporale, i fulmini facevano saltare la corrente elettrica, per cui doveva munirsi di candele.

Stava leggendo una sera quando andò via la luce e sperimentò il buio totale squarciato dai lampi che, per un battito d'occhio, lo immergevano in un ambiente ancora a lui estraneo e quindi misterioso. Cosa stava facendo in quella casa, isolato da tutti, dalla città rumorosa, dal suo mondo bello lucido e pullulante di smalti? Non aveva il telefono, la televisione, il computer, la radio, solo il compact disc player per ascoltare la sua musica preferita. Si accorse che il cambiamento così radicale, che si era imposto, era eccessivo. Avrebbe resistito un inverno, un anno? Quella notte raggiunse a tastoni il suo giaciglio, si riparò sotto le coperte come in un asilo sicuro certo che il sonno sarebbe presto giunto. Invece solo all'alba, alle prime luci filtranti dalle sconnessioni delle imposte e tranquillizzato dall'evento ricorrente e consolatorio del sole nascente, prese sonno. Ma Arci non era il tipo da farsi scoraggiare dalle difficoltà pratiche. Giorno dopo giorno imparò a risolverle in modo razionale e si abituò a certe scansioni del tempo, che lo volevano impegnato a lavare le stoviglie, a pulire casa, a spaccare la legna, a togliere la cenere, a prepararsi da mangiare, a fare la spesa.

La mattina presto entrava nel suo atelier con una bella tazza di caffè caldo, si metteva a lavorare con i suoi colori e pennelli, immerso nel silenzio, solo, davanti alla prova della creazione artistica. In quel momento la coscienza di sé, della sua individualità e della sua responsabilità, stimolavano e alimentavano la percezione dei sensi la quale era pronta a porsi di fronte all'esperienza del colore per riceverne il dettato più intimo, la sottile rivelazione della sua caratteristica, il magnetismo della sua bellezza. Penetrava così nel processo di scambio che lo voleva strumento di liberazione delle potenzialità incantate nei pigmenti attraverso i quali Arci poteva scandagliare la profonda ed estesa vita dell'anima. Ribaltava così una logica consolidata che afferma essere il progetto secondo l'idea dell'autore ad essere sostenuto e abbelito dal colore, considerato come strumento; mentre si accorgeva, via via che la sua sensibilità cromatica si sviluppava, che invece fosse il colore a sollecitarne un altro da mettergli accanto di modo che essi stessi suggerissero ed evidenziassero le forme : a volte erano volti, altre paesaggi, altre nature morte o tutte e tre insieme. Quando invece succedeva che egli, per una pianificazione di un soggetto da rappresentare, disobbediva a questo soprasensibile suggerimento, l'insieme era brutto, spiacevole da guardare, insignificante, senza vita. Ricopriva il tutto di bianco o prendeva un'altra tela. Ricominciava da capo, questa volta mettendo da parte il suo progetto e il tentativo di rappresentare qualcosa di stabilito; e con accortezza, sceglieva un colore che delicatamente stendeva sulla tela; poi lo guardava e aspettava , ammirandone la qualità, di percepire, secondo l'atteggiamento proprio interiore, di assecondare la forza espressiva del primo per scegliere il secondo da stendergli accanto, costruendo un ponte tra la propria esigenza di rappresentare un sentimento e la vita attiva dei colori da usare. Adesso Arci aveva afferrato un lato del processo artistico: imparare, con un atteggiamento di rispetto e di devozione nei confronti della natura, ad ascoltare il mondo che parla attraverso i colori, le forme, la luce, l'ombra, i suoni.

Lavorava molte ore al giorno, tutti i giorni. Si alzava presto la mattina e prima di fare colazione, usciva a fare una passeggiata di mezz'ora, per respirare l'aria fresca sia col bello sia col brutto tempo. A sera, invece, s'immergeva nella lettura e, prima di andare a dormire, segnava su un quaderno l'esercizio pittorico che aveva dipinto, contrassegnato da un numero progressivo. Per lui i suoi quadri erano 'esercizi', li considerava esempi di accostamenti di colori, di forme, tentativi di rappresentazioni, sviluppi immaturi di percezioni, di sentimenti. Stavano tutte le tele, grandi e piccole, raccolte in un angolo dell'atelier. Ogni tanto ne prendeva una e l'appendeva al posto di un'altra su una parete per una settimana, per osservarla bene.

Sentiva la necessità, già espressa alla maestra del corso di pittura, di vedere, di osservare con attenzione, vari elementi umani da disegnare o dipingere. Secondo il consiglio di lei, era meglio fare molti esercizi di disegno del volto umano, della figura intera, prima di passare alla vera e propria pittura a olio. Arci aveva seguito il suggerimento e infatti aveva disegnato molti autoritratti a matita, a sanguigna, col carboncino. Un giorno volle riprovare con l'acquerello, che, secondo la sua insegnante, era la tecnica più difficile e scoprì con sorpresa che, attraverso il colore, con pochi interventi particolari, sorgessero dei volti espressivi: tristi, malinconici, irati, dolorosi, afflitti, tesi, dubbiosi, pietosi, pensanti. Figure che non assomigliavano a nessuno, ma come quelle che sarebbero dovute essere se l'interiorità umana fosse venuta a completa espressione nell'espressione del viso. Gli sembrava, quando dipingeva acquerelli, di essere condotto, guidato da quelle immagini come se esse avessero la necessità impellente di apparire, di venir fuori, di essere rappresentate. Ne dipinse moltissime, quasi una al giorno. Dopo che aveva eseguito un acquerello, ritornava alla pittura a olio, nella quale adesso, come arricchito da un'esperienza nuova, gli sorgevano prospettive irreali, gruppi di figure, sguardi trasparenti e misteriosi.

Dopo alcuni mesi di intenso lavoro, forse esaurito fisicamente, si ammalò, gli venne la febbre e fu costretto a stare a letto. Dopo due giorni decise di andare a cercare un medico nella città più vicina. Il medico, un vecchio ungherese che si chiamava Laszlo Kadosa, gli dette una cura e, nei giorni seguenti, lo andò a trovare a casa, per accertarsi del suo stato. Kadosa, notando che Arci viveva da solo e che non poteva pensare a prepararsi da mangiare e a rigovernare, gli propose, come aiuto per quei giorni, una donna di sua conoscenza. Arci, grato per il suggerimento, accettò ben volentieri.

Laszlo Kadosa era piccolo di statura, magro; aveva una folta capigliatura bianca, la barbetta terminante in due punte distinte, la fronte alta, il naso aquilino, labbra sottili, denti sconnessi e giallissimi, due lunghi solchi sulle rispettive guance, molte rughe e zampe di gallina che si allargavano a ventaglio dall'estremità degli occhi piccoli i quali erano circondati da un filo rosso sanguigno. Il suo sguardo si muoveva con vivacità per nulla perdere del mondo circostante visto attraverso spesse lenti tonde. Arci amava notare il volto degli altri, osservarne le caratteristiche, l'intensità, l'espressione. Inoltre del portamento considerava il modo di camminare e disegnava con lo sguardo la curvatura delle spalle, l'altezza dell'attacco del collo, la grandezza delle orecchie, la lunghezza delle braccia, tutte ca-ratteristiche che determinavano la personalità e l'atteggiamento di un individuo.

Kadosa si soffermò a guardare i quadri appesi alle pareti e chiese ad Arci se li aveva dipinti lui. Alla risposta affermativa il medico non espresse ap-prezzamenti, ma gli rivolse una domanda un po' misteriosa:

– Una settimana fa, quando è venuto nel mio studio, io ho scritto la scheda medica e lei mi ha detto di chiamarsi Arci Clemens Molina.

– Sì, certo, questo è il mio nome, vuol vedere il passaporto?

– No, non ce n'è bisogno. Volevo accertarmi se per caso non avevo sentito male. Perché ho letto sul giornale, qualche giorno fa, che un certo Arci Clemens Molina è morto in un incidente stradale.

– Forse è un caso di omonimia, in ogni modo è strano perché il nome Arci è molto raro.

– Già.

– Non sa dirmi altro?

– Non ho letto tutto l'articolo, mi dispiace.

– Questo mi mette in apprensione. Appena mi sento in grado di uscire vado in città a telefonare.

– Mi dispiace averle creato una preoccupazione, non ci pensi più di tanto, importante che lei invece sia vivo e fra tre o quattro giorni in piena salute. La vedo stare molto meglio. Come le ho già detto si tenga caldo e tema l'umidità, da queste parti è penetrante. Da quanto tempo abita in questa casa?

– Dal novembre scorso. Ormai siamo in primavera e sono contento di essere riuscito a superare l'inverno.

– Perché, pensava di soccombere al freddo?

– Soccombere no, ma temere di tornare in città, dove sono nato e vissuto, sì.

– Capisco. Le piace stare da queste parti?

– Sì, moltissimo.

– Lei è pittore di professione?

A questa domanda Arci prese un po' di tempo per rispondere perché non sapeva se dire un semplice 'sì', o iniziare con la sua lunga storia.

– Aspetti un momento – gli disse. Si alzò dal letto, si infilò la vestaglia, e gli aprì la porta dell'atelier.

– Ecco, vede , questo è il mio studio, dove dipingo.

Kadosa entrò, guardò meravigliato tutte le tele raccolte, il cavalletto con un quadro iniziato, la tavolozza, i colori, i pennelli.

– Bene, mi fa proprio piacere avere un paziente artista. Tra poco, a giugno, nel Palazzo comunale di Berounka, si vuole allestire una collettiva, se le interessa, posso chiedere all'associazione culturale di farla partecipare.

– Certo, volentieri.

– Va bene, glielo farò sapere.

Quando Arci rimase solo, andò col pensiero a quel morto che aveva lo stesso suo nome. Avrebbe voluto chiedere il giornale a Kadosa, se ancora l'aveva, per leggere l'articolo, anzi, per farselo tradurre, ma non voleva mostrarsi troppo preoccupato quindi rinunciò. Si sentiva ancora debole per andare a Praga, dove avrebbe trovato i giornali nella sua lingua. Per telefono avrebbe certamente ricevuto da Isabel le notizie che lo riguardavano, per cui si tranquillizzò. Ma il dubbio che fosse stato usato il suo nome per secondi fini si riaffacciava spesso alla mente. Isabel gli aveva scritto che non poteva venire perché il padre era morente e non se la sentiva di lasciare la madre sola. Niente altra posta, nessuna visita da più di un mese. Pensò anche al mondo che aveva lasciato e gli venne la grottesca idea che si volesse vendicare del suo abbandono cancellandolo dall'elenco dei vivi.

Nei giornali, che tempo addietro leggeva quotidianamente, si accavallavano le tensioni dell'intero pianeta, sia quelle esplose davanti alla porta di casa, riportate con dovizia di particolari, sia quelle che erano causa di tragedie scoppiate lontano oltre i mari e i monti. Tutto condensato in pochi fogli; benché le pagine dei giornali fossero raddoppiate negli ultimi quindici anni, a dimostrare l'efficienza delle comunicazioni e il desiderio di novità dei lettori. Adesso, in quell'atmosfera solitaria e riservata, distante dal frastuono del mondo, considerava, quel bombardamento d'informazioni, dispersivo per la concentrazione e per lo sviluppo di forze interiori, ma allo stesso tempo gli sembrava un gesto asociale il non partecipare alle passioni, ai drammi, alle vicissitudini dell'umanità. Era stato immerso fino al collo in tutti i passaggi di potere politico di ogni parte del mondo, in tutti i risvolti tragici delle guerre, giudicando inopportuno un intervento militare, sostenendo la voce delle libertà culturali e politiche, convinto della necessità di rendersi partecipe e di sentirsi responsabile nei confronti della società, ma aveva altresì accertato che mai la sua opinione andava al di là del gruppo di conoscenti o amici. Risolversi di isolarsi per sperimentare, attraverso un'attività artistica, una forma più concentrata di pensare, più simile alla meditazione, anziché quella verbosa dei discorsi circoscritti agli interessi finanziari, era per lui una scelta di metodo che lo impegnava a prendere in considerazione una più ampia scala di valori spirituali, cominciando, per esempio, dal dono incomparabilmente generoso della natura come se fosse il risultato di un pensiero e di un atteggiamento morale divino. Tutto questo subbuglio di pensieri si agitava in lui, sentendosi un po' in colpa per aver chiuso la porta alle comunicazioni, alle notizie, al mondo esterno, per essersi isolato. Non tanto per una necessità propria o per curiosità, ma per rispetto agli altri decise di comprare il giornale una volta a settimana, per rivivere con calore e partecipazione le tragedie, i drammi, le brutte storie degli uomini di cui un giornale trabocca. Ma sempre tenendo conto che ogni lettura, ogni atto, intellettuale o manuale, penetra nella persona così a fondo da modificare il modo di pensare, di sentire e di volere. La coscienza non è così sveglia da percepirlo in un primo momento, ma dopo anni si può tirare la somma di tutto quello che un individuo ha sperimentato nella vita, ha assorbito durante lunghi periodi dedicati a questo o quello, e fa differenza per la maturità di un essere se è stato passivo di fronte a ciò che ha ricevuto o lo ha filtrato da una consapevole e necessaria distanza. Essere attivi, per Arci, significava dare un valore limitato a tutto, forse anche all'arte in cui si era impegnato; e limitare l'importanza di un'attività conferiva la possibilità di guardarla come da un monte, dall'alto, da lontano, così da riconoscerne insieme alla necessità anche i suoi confini. Questo atteggiamento se da una parte difendeva dal fanatismo, dall'altra sosteneva la serietà con cui a quella ci si doveva dedicare, nel momento in cui ci si applicava, ma subito dopo, a opera compiuta, non ci si doveva compiacere, considerandola solo un piccolissimo contributo al mondo delle idee e delle realizzazioni. Ogni idea, ogni scoperta, ogni opera d'arte, è un filo d'erba, molti di questi formano un prato. Così si sentiva Arci: un filo d'erba o un granello di sabbia, non di più, quel tanto però che assommato agli altri potesse creare un suolo su cui sicuro l'uomo potesse camminare. Responsabilità e umiltà, due termini che lo rendevano sveglio e attento ai suoi pensieri, ai suoi sentimenti, alle sue azioni.

Quella sera , nonostante si sentisse ancora debole sulle gambe, uscì, si portò una sedia davanti a casa sul prato, già invaso di erbe alte. Si sedette con una coperta sulle spalle, e si lasciò invadere dalla bellezza del cielo stellato. 'Il mistero - pensò - non cessa mai di sorprendere.'

Capitolo V

Il misfatto

Sabato 28 ottobre il dottor Molina aveva imbucato nella cassetta della posta la lettera di licenziamento, quindi era partito con la sua auto.

Il lunedì seguente, il direttore del reparto, all'Assicurazione, aveva bisogno di parlare con il dottor Molina, ma non trovandolo, chiese spiegazioni alla sua segretaria Isabel Dorn. Era mezzogiorno ed era strano che Molina non avesse informato l'ufficio del suo ritardo o della sua assenza. La segretaria disse a sua discolpa che a fine settimana spesso si trovava fuori all'estero e poteva aver avuto un contrattempo.

Martedì pomeriggio il capo del personale ricevette la lettera del dottor Molina. Fu comunicata immediatamente la notizia del suo licenziamento al direttore generale che chiese, per il giorno dopo alle undici, una riunione ufficiale per discutere con gli altri impiegati lo strano caso del dottor Molina.

Mercoledì, prima delle undici, giunse una telefonata della polizia chiedendo se un certo Molina Arci Clemens lavorasse presso l'Assicurazione e dopo la conferma rese noto che l'appartamento abitato dal sopraddetto nominativo era stato visitato dai ladri. Gli agenti del servizio interno dell'assicurazione, in contatto con la polizia, vennero a sapere che l'appartamento non solo era stato messo a soqquadro dai ladri nella notte tra sabato e domenica, ma che inoltre erano state trovate tracce di sangue in bagno, in sala e in camera da letto. Si poteva arguire che ci fosse stata colluttazione. I vicini erano assenti e solo lunedì l'inquilino del piano di sopra si accorse che la porta dell'appartamento di Molina era stato forzato.

All'Assicurazione, per le novità sopraggiunte, la riunione fu spostata al pomeriggio e si cercò di collegare i vari avvenimenti: la lettera di licenziamento, timbro postale lunedì trenta ottobre, i ladri nell'appartamento nella notte tra sabato e domenica, sospetto di collutazione, tracce di sangue (da verificare se appartenessero a Molina). Tutti sostennero l'ipotesi del sequestro di persona. La firma in calce alla lettera era proprio di Molina, l'auto non c'era. La polizia si era già messa in moto per rintracciare l'auto attraverso la matricola, in tutta la Germania. Se il dottor Molina avesse voluto veramente licenziarsi sarebbe andato di persona a parlare con il capo del personale e avrebbe avuto la delicatezza di salutare i colleghi, e di avvertire la segretaria. Sparire così improvvisamente non era nel suo stile. Certamente, fu pensato, ci doveva essere un'estorzione o un rapimento o qualcosa di simile. Fu interpellata la moglie di cui si rintracciò l'indirizzo tramite la rubrica telefonica dell'uffico di Molina. La signora Else Molina rimase piuttosto fredda di fronte all'accaduto, ma si rianimò quando le fu ventilato il caso del rapimento per estorsione per cui le poteva giungere una richiesta esosa di denaro alla quale reagì dicendo che non avrebbe in ogni caso sborsato un soldo essendo a corto di denaro.

Altri parenti da informare non c'erano, padre e madre erano già morti. La polizia in accordo con gli agenti dell'Assicurazione iniziarono le indagini che non dettero molti risultati. Si continuò a cercare la sua auto anche all'estero, la sua fotografia, con il nome, fu stampata su alcuni giornali.

Una domanda a cui non riuscivano a dare risposta era: se i ladri lo avevano rapito perché lo avevano obbligato a scrivere la lettera di licenziamento? Che scopo poteva avere? Se volevano chiedere denaro all'Assicurazione non era meglio che il dottor Molina fosse ufficialmente in servizio anche se non presente? Si suppose che la lettera servisse a prendere tempo, per non far subito sospettare la polizia del rapimento, ma di un normale cambiamento di posizione, di impegno, di lavoro. In ogni modo, attraverso le liste dei pazienti di tutti i medici della città, fu rintracciato il medico che aveva in cura il dottor Molina e si poté stabilire che il sangue delle tracce trovate nell'appartamento non era il suo. Due ipotesi opposte risultarono dall'analisi dei fatti: la prima vedeva Molina un coraggioso lottatore per la propria libertà che nella strenua difesa aveva ferito un malvivente, ma che in ogni modo era stato forzato a scrivere quella lettera; l'altra invece che se ne era andato alla chetichella, per non sentire storie o inviti a ripensamenti e che adesso se ne stava tranquillo a godersi il sole su una spiaggia alle Maldive. L'appartamento era stato svaligiato da semplici ladruncoli e non esisteva nessun collegamento con la persona di Molina.

Intanto l'Assicurazione gli aveva spedito per posta, al numero della casella postale, dei documenti da firmare.

Isabel, che seguiva tutte le vicissitudini attraverso l'ufficio, si mostrava meravigliata e addolorata per quello che poteva essere successo al suo capo. Fu per lei una sorpresa quando andò alla casella postale per prelevare la posta indirizzata ad Arci, perché notò, mentre spediva della corrispondenza sua personale, che un tipo stava appoggiato alla porta d'ingresso dell'ufficio postale e che non aveva niente da fare. Allora, per un presentimento tutto innato nella furbizia femminile, invece di andare alla casella postale di Arci, si fermò a chiedere un'informazione sull'apertura di un libretto di risparmio e si accorse che quell'uomo stava sempre lì, o passeggiava su e giù senza mai perdere di vista il corridoio delle caselle postali. Isabel per accertarsi del suo sospetto chiese di avere un casella postale per sé e siccome il numero di Arci era 1810, chiese se poteva avere il numero 1811 asserendo che quella serie di numeri le aveva sempre portato fortuna. Non fu difficile accontentarla perché quella casella era libera. Si diresse subito alla sua casella per provare la chiave e vide avvicinarsi quell'uomo il quale non potendo giudicare da lontano quale esattamente fosse quella di Molina, voleva accertarsi di quale casella si trattasse. Il sospetto di Isabel era fondato e per quella volta rinunciò a prendere la posta di Arci.

La settimana successiva non portò nessuna novità di rilievo, solo la visita di un certo Arnold all'ufficio dell'Assicurazione. Fu ricevuto da Isabel la quale, dopo aver sentito che era un vecchio amico di Arci e dopo aver notato in lui una certa tensione nervosa, lo fece accomodare e gli concesse il tempo di esprimere le sue perplessità. Arnold aveva più volte telefonato a casa del suo amico senza mai trovarlo. Era anche andato al suo indirizzo e aveva trovato l'appartamento sigillato per cui chiedeva spiegazioni. Isabel in poche parole gli riferì gli ultimi avvenimenti e la supposizione che Arci fosse stato rapito per estorsione. Isabel considerando utile e importante dare spazio alle preoccupazioni dell'amico di Arci, e tenendo anche conto che forse avrebbe avuto qualcosa di importante da riferire, chiese il permesso di prendere una pausa e lo invitò a bere qualcosa al bar interno per poter parlare con più tranquillità.

Arnold e Arci erano stati al liceo insieme e anche dopo la scuola erano rimasti in contatto. Poi la vita aveva un po' allentato i rapporti, soprattutto da quando Arci si era sposato. Arnold aggiunse poi che era stato aiutato dall'amico più volte finanziariamente a sostenere la sua ditta che stava naufragando. Negli ultimi tempi aveva ricevuto delle cartoline da varie città europee in cui gli comunicava il suo nuovo interesse per l'arte. Arnold, preoccupato per la sorte del suo caro amico, propose di mettersi a disposizione della polizia o dell'ufficio investigativo dell'Assicurazione per aiutare le ricerche. Non nascose la sua avversione per la moglie:

– E' quella, sicuramente, che gli vuole estorcere dei soldi. Quella Else si è messa con un poco di buono, che gioca e perde. Ma io lo aiuterò, so come fare. – E senza salutare, guardando Isabel con uno sguardo tagliente, eccitato e alterato, voltò le spalle e se ne andò.

Arnold aveva conosciuto Helmut, l'amico di Else, che era stato a suo tempo amico anche di Arci, a una festa di compleanno e ricordava di essere stato anche a casa sua quando andarono tutti a vedere la sistemazione degli interni progettata da Else. Helmut doveva avere, a sentir lui, un'agenzia immobiliare divisa con un socio, ma Arnold non gli aveva mai dato molto credito, e lo aveva sempre considerato uno sfarfallone, molta apparenza e poca sostanza. Di Else invece aveva una certa soggezione; era difficile imbroccare un discorso giusto con lei, perché trovava sempre da ridire, con ironia, sarcasmo, facendoti sentire un incolto, un sempliciotto, un inadeguato alla sua altezza. Così si era sviluppata, nei suoi riguardi, un'istintiva antipatia che però non aveva mai fatto notare al suo amico Arci. Ma quando Arci gli comunicò che la moglie si era messa con quel tipo, allora Arnold si sentì libero di esprimergli le sue osservazioni sul loro rapporto di coppia e cercò di consolarlo dicendo:

— Il tormento o il dolore quando non si sente considerato si allontana da solo.

Arnold dall'incontro con Isabel era venuto a conoscere abbastanza per decidersi ad affrontare direttamente il problema nel modo come lui se lo era configurato. Prima di tutto incontrare Else e cercare di farla parlare. Così, senza indugio, si diresse a casa sua. Dopo essersi accertato che Helmut non era in casa, previa telefonata, si presentò alla porta, suonò ed Else gli venne ad aprire. Arnold si fece riconoscere e mimando un fare cordiale chiese notizie di Arci. Else non gradì la sua visita e cercò di liquidarlo con una scusa, asserendo che non sapeva nulla del suo ex marito. Arnold, tipo impulsivo, non mantenne il controllo che si era imposto, e a causa dell'atteggiamento freddo e sbrigativo di lei, gli salì il sangue alla testa e, presala per un braccio, la sbatté contro una porta e l'accusò di aver fatto rapire il suo amico per appropriarsi del suo denaro. O forse lo aveva fatto ammazzare tramite un organizzato incidente stradale, per riscuotere il premio dell'Assicurazione sulla vita.

Else non si scompose, gli fece notare soltanto che la polizia aveva invece buone ragioni di indagare su di lui essendo venuta a sapere che aveva chiesto spesso un aiuto finanziario al suo caro amico. Gli intimò di sparire e di non farsi più vedere altrimenti avrebbe raccontato alla polizia che era venuto per estorcere denaro. Per un momento Arnold si confuse, indietreggiò e, per quell'attimo di lucidità che anche agli iracondi può balenare, si rese conto che non era certo quello il metodo per accertarsi della verità. Ma con l'ultimo rigurgito di acredine e odio le sibilò:

– Stai bene attenta, se sei responsabile di quello che è successo, ti torcerò il collo come a una gallina. – Con passo deciso, ma non leggero, perché era un pezzo d'uomo alto quasi due metri, inforcò la porta che sbatté molto volentieri alle sue spalle.

L'Assicurazione aveva organizzato un gruppo di indagine interno per affiancare la polizia nelle ricerche. Vennero indagati tutti quelli che erano stati in contatto con Molina, per raccogliere più informazioni possibile.

Anche Isabel veniva controllata nei suoi movimenti, ma lei, essendosi accorta di ciò, riuscì sempre a portarli su piste false. Quando doveva prendere il treno per andare da Arci, andava all'aereoporto, comprava il giornale, si sedeva a prendere il caffè, individuava chi la stesse seguendo, poi entrava nella toilette e se ne usciva con una parrucca da vecchia, con un altro vestito, truccata in modo irriconoscibile, quindi andava alla stazione ferroviaria. Isabel si divertiva come una bambina che a carnevale si traveste e per di più godeva moltissimo a far perdere le proprie tracce.

Alla casella postale riuscì a prendere la posta facendosi aiutare da un ragazzo di strada a cui aveva promesso una lauta mancia: mentre lei distraeva il poliziotto in borghese, il ragazzo prendeva la posta.

La corrispondenza veniva accortamente vagliata dalla bella e fedele segretaria: scelte quelle lettere che riguardavano documenti da firmare, scartate quelle in cui lo si informava della visita dei ladri al suo appartamento, delle tracce di sangue trovate, del sospetto che fosse stato rapito. Quindi gli spediva la lettera scritta dal direttore del personale in tono amichevole e apprensivo e l'altra scritta dalla polizia in tono ufficiale.

Arci, dopo aver risposto alle richieste burocratiche, consegnava le lettere a Isabel la quale le spediva una volta che aveva riattraversato il confine, e quindi sempre col timbro postale tedesco.

La situazione stagnava: tutti attendevano che si profilasse un dramma preciso: morte, ricatto, lettere o telefonate minatorie; invece niente. Else, Helmut, Arnold, l'Assicurazione, la polizia, non si spiegavano questo silenzio. Frattanto Isabel prevedeva o intuiva che più l'attesa era estenuante, più probabilità nascevano a surriscaldare gli animi i quali vedevano nella scomparsa di Arci l'opportunità di ottenere il suo denaro. Forse, pensava Isabel, poteva venire in mente a Else di pretendere il premio dell'Assicurazione adducendo la scomparsa del marito da mesi. O forse Helmut avrebbe potuto scrivere una lettera anonima a Else pretendendo una grossa cifra pensando che, sparito il marito, lei sarebbe venuta in possesso del suo capitale: conto bancario, premio assicurativo, vendita della casa.

In sei mesi, Isabel era stata a trovare Arci solo quattro volte, adducendo la gravità del padre malato e la necessità di stare vicino alla madre in quel momento difficile.

Erano trascorsi giorni sereni in quella campagna e in quella casa austera e riposante, insieme ad un uomo che lei apprezzava e stimava, di cui però ancora non voleva innamorarsi, benché si concedesse con passione.

Arci, invece, non solo si sentiva appagato dalla relazione, ma la credeva oramai convalidata e consacrata dalla particolare situazione in cui si vedevano coinvolti: artista isolato lui, fedele custode delle sue aspirazioni lei.

Arci le aveva scritto delle lunghe lettere in cui descriveva la bellezza del paesaggio, le pratiche giornaliere, il lavoro al cavalletto, le serate trascorse ad ascoltare la loquacità del silenzio che prendeva corpo e si rifletteva nelle ombre proiettate sui muri di calce dal piccolo lume della candela: 'la cima qua e là menando /

come fosse la lingua che parlasse' *. Il vento: finalmente poteva parlare del vento come di un altro essere che interveniva nei suoi pensieri, ora assecondando col delicato stormire delle foglie, ora contrariando col fischio acuto attraverso il camino, o mostrandosi entusiasta facendo danzare a vortice le foglie sullo spiazzo davanti la casa. Parlava del canto degli uccelli, del fruscio nelle siepi; degli odori penetranti della legna, della pioggia, del pane, della terra, dei fiori, della casa, del temporale. E come avrebbe voluto insieme a lei godere, giorno dopo giorno, quelle sensazioni pure, originarie. Era per lui iniziata un'esperienza così nuova che gli sembrava di essere nato da poco, ma con tutti i sensi svegli e coscienti, come non può avere ancora un bambino.

Tutte quelle lettere gliele spediva a casa della madre, così secondo la richiesta di Isabel giustificata dal fatto che si fermava lunghi periodi da lei.

Alla polizia giunse una nuova e inaspettata comunicazione dai colleghi polacchi: era stata trovata un'auto con la targa tedesca, al confine con la Germania, incendiata e con all'interno un cadavere carbonizzato e irriconoscibile. La polizia confermò, attraverso l'immatricolazione, che l'auto apparteneva al dottor Arci Clemens Molina. Fu ventilata l'ipotesi che il cadavere fosse il suo e si invitò la moglie ad accompagnare la polizia sul luogo del sinistro per il riconoscimento.

---

* Dante, Divina Commedia. Inferno. Canto ventesimosesto, versi 88,89.

Else, quando vide quel pezzo di carbone a forma di uomo rimase inorridita, ma dopo aver superato il primo momento di sgomento, di nausea, con l'aiuto di qualche alcoolico, si fece forza e guardò con attenzione il viso, le mani, quello che era rimasto dei vestiti. Non sapeva che dire, tra il dubbio, l'insicurezza e la paura di fare un grosso errore. Si rivolgeva ora alla polizia ora al cadavere, non trovando la forza di decidersi. Fu aiutata dallo specialista di anatomia dell'obitorio che sollevando un braccio del cadavere le fece notare un bracciale di acciaio stretto al polso sinistro. Else indietreggiò, cadde quasi svenuta nelle braccia del più vicino e gridò:

– Clemens! – Così lo chiamava la moglie perché Arci non le era mai piaciuto. Bene, il cadavere venne ufficialmente riconosciuto dall'autorità giudiziaria come quello appartenente al dottor Arci Clemens Molina.

Helmut, sapendo che Else avrebbe riscosso abbastaza presto il premio dell'Assicurazione per la morte del marito e supponendo che non avrebbe goduto di quel denaro come avrebbe voluto lui, conoscendo Else e, anzi, sicuro che quel denaro avrebbe fatto sobbalzare lo squilibrio tra loro due già in partenza latente, e messo in pericolo la loro convivenza, scrisse una lettera ricattatoria anonima in cui chiedeva tre quarti dell'importo totale. Minacciandola di morte se non avesse seguito le sue indicazioni. Le consigliò di non fare errori di calcolo perché era perfettamente al corrente del valore del premio. Per le modalità di consegna doveva attendere una conferma successiva. Nel caso avesse avuto la malaugurata idea di avvertire la polizia, sarebbe certamente andata incontro ad una fatale conseguenza.

Else non voleva dare molto peso a quelle minacce, ma le venne in mente quell'amico del marito, Arnold, che probabilmente poteva essere l'autore della lettera, e si ricordò della sua aggressività, della sua promessa di vendicare la morte di Arci; ebbe paura. Ne parlò con Helmut per avere un consiglio e gli confidò il sospetto che nutriva nei riguardi di Arnold. L'amico non le fu di molto aiuto né prodigo di consigli, ma l'idea di incolpare qualcun altro per allontanare od escludere i sospetti su di sé, lo spinse a suggerirle di parlare alla polizia di quel tipo che aveva spesso oppresso Arci col suo bisogno di denaro, descrivendolo come un tipo violento e senza scrupoli, evitando però di nominare la lettera.

Arnold era rimasto molto scosso dalla morte del suo caro amico e non riusciva a pensare che quell'incidente fosse stato causato e organizzato per ucciderlo, non si poteva immaginare tanta cattiveria, da parte di chi poi? possibile che Else fosse veramente, come aveva sospettato una prima volta, capace di fare una cosa simile? Si sfogò con Isabel, la quale non espresse nessun giudizio, ma che gli suggerì, se aveva dei dubbi, di seguire le mosse della coppia Else Helmut, per notare se c'erano dei mutamenti di rapporto, delle particolari tensioni, dei dissidi, perché sarebbero stati utili alla polizia che investigava sull'incidente mortale.

Al funerale si ritrovarono tutti. Else, sostenuta da Helmut, era molto pallida, e guardava spesso Arnold che si trovava dall'altra parte della fossa il quale a sua volta, torvo in viso, la guardava accigliato.

Isabel, terminata la cerimonia funebre, si avvicinò a Else per farle le condoglianze e per offrirle qualsiasi aiuto avesse avuto bisogno. Else che in quel momento si sentiva sola e poco confortata da Helmut, la invitò a casa sua a prendere il the, per stare un po' insieme a parlare – Perché - dichiarò espressamente - in questo momento, devo ammettere, mi sento... come disancorata e in balia delle onde. Mi farà bene rivedere i momenti trascorsi con una persona che è stata vicina a lui.

Quando si incontrarono fu Isabel a impostare il discorso e a condurlo come voleva lei, senza reticenze e con lo scopo ben preciso di conoscere cosa la turbasse sapendo con certezza che Else non lo fosse per la morte del marito.

La signora Molina cercò di evitare risposte chiare, ma quando Isabel le disse che aveva visto Arnold risoluto a vendicare la morte di Arci, Else scoppiò a piangere e le rivelò della lettera minatoria e ricattatoria che aveva ricevuto, facendo però bene attenzione, anche se tra le lacrime, alle reazioni di lei, perché Else non escludeva che, oltre ad Arnold, anche Isabel potesse avere un certo interesse a quel denaro.

Isabel sulle prime escluse che Arnold fosse l'autore del ricatto perché lo trovava sì molto impulsivo e vendicativo, ma incapace di fare un gesto simile; in un secondo momento però quando Else le raccontò che era venuto a casa e l'aveva oltre che maltrattata anche minacciata, Isabel con una giravolta abilissima e giustificata dal comportamento aggressivo di Arnold, non escluse che vi fosse coinvolto. In ogni modo le disse di non dare troppo peso a quelle minacce perché forse potevano essere solo un fuoco di paglia. A farla sentire più sicura e per sostenerla le offrì di rivolgersi a lei in ogni caso, anche se fosse stato necessario ospitarla per un certo periodo. Si separarono con un affettuoso abbraccio promettendosi di scambiarsi via via gli sviluppi della situazione.

Isabel nel frattempo, venendo a mancare il suo capo era stata trasferita alle dipendenze del vicedirettore come sostegno alla sua segretaria, molto più vecchia di lei sia di anni sia di esperienza. Da quel posto e dalla ciarliera collega riceveva tutte le informazioni che la polizia trasmetteva alla direzione e tutte le congetture ipotizzate a sbrogliare lo strano caso del dottor Molina. E' vero che non era stato accertato nessun sequestro di persona, nessuna richiesta di denaro in cambio della vita di Arci, ma certo era che, la sua scomparsa prima e la sua strana morte dopo, faceva pensare a una vendetta personale o metteva sotto accusa, considerando il premio assicurativo, direttamente la moglie che di quel premio era l'unica a poterne godere. La polizia tedesca intanto in collegamento con quella polacca stava indagando nella malavita per scoprire chi poteva avere interesse a dare fuoco alla macchina con il corpo di Molina che, avevano constato, era stato colpito mortalmente alla testa.

Isabel, Else, Helmut e Arnold erano tutti indiziati, tutti controllati nei movimenti, tutti avevano ricevuto la perquisizione a casa, e ricevuto l'ingiunzione a non uscire dalla città senza il permesso dell'autorità giudiziaria.

Else trovò davanti alla porta di casa un nastro registrato. Una cassetta come tante altre che invece di trasmettere musica melodiosa descriveva con una voce rauca e quasi incomprensibile il modo come lei avrebbe dovuto consegnare, in busta aperta, la somma di denaro: il lunedì mattina successivo alle sette e trenta in un certo garage alla periferia della città. Sola, sarebbe dovuta entrare in garage con l'auto, accostare nel passaggio centrale, senza parcheggiare, all'ultimo piano. Attendere al volante a motore spento, lasciare nel cofano posteriore chiuso, sotto un giornale, la busta con i soldi. Ultimo avvertimento: cancellare, appena udito, il nastro registrato e non dire niente a nessuno, neanche all'amico più caro, tanto meno alla polizia. Altrimenti la fine.

Era martedì, solo pochi giorni ancora ed Else si vedeva sfumare l'opportunità di sistemarsi, di vivere tranquillamente e di progettare una nuova vita, di realizzare sogni meravigliosi e tutto a causa di un pazzo qualsiasi. Come trovare una scappatoia, un aiuto in qualcuno che silenzioso, e risoluto potesse sventare quel ricatto? Helmut no, era troppo labile di nervi per intervenire al momento opportuno e non avrebbe certo rischiato la vita per lei. Isabel era una donna e non poteva chiederle aiuto, a meno che non avesse qualche buona idea o qualche astuzia che a lei, nello stato di agitazione in cui si trovava, non si destava. La chiamò al telefono invitandola a cena fuori. Così le comunicò i termini della consegna e la pregò di darle una qualche idea per evitare di sottostare a quel sopruso. Insieme tentarono molte soluzioni, ma tutte si risolvettero come molto pericolose. L'unica osservazione che insinuò Isabel fu quella di considerare che se il rapitore ha un'arma anche Else poteva considerarsi armata, armata di un'auto. L'auto, se ben utilizzata è un'arma che tra l'altro non lascia impronte o quasi. Else, perplessa, non capì esattamente cosa volesse intendere Isabel, ma lentamente mise a fuoco sempre di più l'immagine sfuocata di lei seduta alla guida che manovra l'auto come colui che si avvale di un corpo contundente e di efficace effetto. Ma esattamente come e in quale momento non sapeva ancora. In ogni modo il sospetto su Isabel non si presentava più verosimile, sfumava attraverso il tono amichevole e affettuoso, mostrandosi come il prodotto della sfiducia isterica verso tutti. Prima di separarsi Isabel le propose di registrare con un video nascosto in una macchina parcheggiata tutta l'azione in modo che la polizia avrebbe potuto riconoscere l'autore del ricatto.

– Ma il ricattatore agirà con il viso coperto, e sarà inutile.

– Può darsi, ammise Isabel, ma meglio che niente.

– E chi può fare questa ripresa?

Isabel avrebbe potuto rischiare di farla.

– E – aggiunse Else – se le cose vanno in maniera diversa?

Isabel capì cosa intendesse e quindi sorridendo la tranquillizzò dicendo che il video poteva sempre essere cancellato se non era di suo gradimento.

– E quanto vuoi per questo servizio?

– Non parliamo di denaro, sarai tu a offrirmi quello che pensi giusto, e a cose fatte. Adesso io me ne vado, ma senza abbracci anzi un po' risentita con te o in ogni caso come se non ci fossimo incontrate per accordarci su qualche progetto.

– Perché, – chiese meravigliata Else?

– Non si sa mai. Molto probabilmente ci sta guardando qualcuno, o ci sta spiando e potrebbe pensare qualcosa di sbagliato. E' meglio non dare adito a congetture di nessun tipo. – Così si alzò, la salutò brevemente e uscì.

Lunedì mattina, ore sette e trenta. Else ha fermato la sua auto nel garage e al piano stabilito come da indicazione. A motore spento attende col finestrino aperto, tesa, ma controllata, fredda e risoluta a non spaventarsi, anzi pronta a giocare il tutto per tutto. Senza avvertire l'avvicinarsi di qualcuno vede improvvisamente vicino alla sua testa una pistola puntata. Una voce alterata le chiede le chiavi per aprire il cofano posteriore. Else sfila le chiavi dal cruscotto e gliele consegna. In questo momento osserva la persona: alta, forse un metro e ottanta, maglione nero accollato, viso coperto da una calza da donna, irriconoscibile. Il tipo va dietro l'auto, apre il cofano. Else infila nel cruscotto un'altra chiave dell'auto. La marcia indietro è già inserita. Segue mentalmente l'azione: quello alza il giornale, vede la busta, la apre, dà un'occhiata al denaro: adesso! Accende il motore, con il gas pigiato lascia la frizione. Il sobbalzo della macchina colpisce il rapitore con tale violenza che lo manda a sbattere fortemente contro il selciato di cemento. Else scende dall'auto. Controlla il rapitore: ha la testa fracassata. Un gemito è l'ultima testimonianza della sua vita. Else gli sfila dalla testa la calza.

– Helmut! Povero imbecille.

La pistola è volata a qualche metro di distanza. La busta poco più lontano. Else va a raccoglierla. In quel mentre appare una figura d'uomo a poca distanza.

– Adesso dovrai davvero fare i conti con la giustizia.

– Arnold!

– Già e chi altrimenti.

Arnold si avvicina, le dà due schiaffi e le sfila la busta del denaro.

– Adesso vado a chiamare la polizia.

Else, sorpresa e spaventata per l'inaspettata presenza, rimane interdetta. Vede Arnold allontanarsi e con lui vede sfumare il benessere, eclissarsi la libertà, tramontare la vita. No, non deve finire così: vede la pistola per terra a qualche metro davanti a sé. Risoluta corre a raccoglierla e con calma mira a quel profilo scuro. Un colpo e Arnold barcolla. A passi lenti gli si avvicina e freddamente gli spara ancora due colpi. Arnold cade riverso in un lago di sangue. Else riprende la busta e fa per tornare alla sua auto, quando sente il rombo di un motore. Non fa a tempo a girarsi per guardare chi sopravvenga, che l'auto, spinta già abbastanza velocemente, si precipita su di lei, la colpisce di fianco e la manda a sbattere contro un pilone di cemento. Dall'auto scende Isabel la quale, dopo aver dato una breve occhiata ad Else, prende la busta di denaro, si rimette in macchina e a tutto gas esce dal garage, immettendosi nel traffico cittadino. In una strada laterale parcheggia l'auto. A piedi va a prendere un autobus che la porta davanti a un super mercato dove si ferma a fare la spesa.

Su tutti i quotidiani del giorno dopo, in prima pagina, il titolo: massacro in un garage, triplo omicidio.

Capitolo VI

Il ritorno

Arci era stato a Praga, anche se si sentiva ancora debole, a comprare il giornale, anzi tutti quelli che trovò in lingua tedesca, ma non trovò niente che lo riguardasse anche perché la notizia che gli aveva comunicato Kadosa, era già vecchia di almeno dieci giorni. Così tornò nella sua casa, si riprese dalla malattia, e si rimise a dipingere dimenticando il medico e l'articolo di giornale.

Si era a maggio, e Arci poteva ammirare lo sbocciare dei fiori sui prati, l'alzarsi rapido dei fili d'erba, il verde tenero dei germogli nei cespugli, sugli alberi. In una delle sue passeggiate si trattenne ad osservare le rose in un roseto vicino a casa: i sepali verdi sostenevano la corolla che gli suggeriva l'immagine di un calice contenente, tra i petali rosso porpora, il ricordo di qualcosa di puro vissuto dall'umanità nel suo nascere, nella sua infanzia.

Era immerso in questi pensieri quando vide arrivare il postino con una lettera per lui. Finalmente Isabel gli aveva scritto, attendeva le sue notizie da parecchio tempo. Anche se non stava in apprensione, aveva avvertito un certo disagio nel pensare di essere stato dimenticato.

Isabel nella lettera di poche righe gli raccontava, con espressioni dolorose, gli ultimi avvenimenti tragici, ma non esaurientemente anzi in modo confuso. Raccontò all'inizio di essersi spaventata moltissimo a leggere sul giornale della sua morte perché per un momento l'aveva creduta verosimile, pur sapendo che lui se ne stava tranquillo a casa a pitturare, inoltre, e questa era la notizia più importante e più penosa, che sua moglie aveva perso la vita in un incidente mortale e la polizia non sapeva spiegarsi la morte di altre persone coinvolte in una sparatoria nello stesso garage dove avevano trovato Else.

Arci impallidì, vacillò, si sostenne allo stipite della porta. Senza neanche pensarci un attimo, fece in fretta una valigia leggera, prese l'auto andò all'aereoporto e dopo poche ore prese il volo diretto alla sua città. Con un taxi raggiunse il suo appartamento che trovò sigillato. Senza timore dissiggellò la porta ed entrò. Trovò un caos, così come lo avevano lasciato i ladri di quel famoso giorno di ottobre. Telefonò a Isabel, ma rispondeva, come al solito, la segreteria telefonica. Senza esitare, essendo ancora un'ora del pomeriggio in cui il suo ufficio era ancora aperto, vi si diresse.

Superata la soglia dell'entrata, ad ogni suo passo sentiva esclamazioni di sorpresa. Non vi fece caso, salì al piano superiore e si presentò alla segretaria del direttore generale la quale prima di farlo entrare si accostò alla parete pallida e lo annunciò:

– Il dottor Arci Clemens Molina chiede... Non riuscì a terminare che cadde svenuta sulla sua sedia.

Arci entrò nell'ufficio del direttore generale. Questi, pur mantenendo una certa forza di spirito, invece di farsi incontro al suo vecchio dipendente, indietreggiò spaventato.

– Direttore, ma cosa succede, non mi riconosce più? Va bene che in questo periodo sarò cambiato un po'. Ho i capelli lunghi e una leggera abbronzatura, ma ... non capisco, tutti si meravigliano di vedermi. Forse è per quell'articolo di giornale in cui si parlava di un Molina morto in un incidente. No, vede, sono vivo e in salute. Non mi dà la mano?

Il direttore si svegliò come da un brutto sogno, gli andò incontro, gli strinse la mano e disse:

– Ma Arci Clemens Molina, cosa è successo?

– Io questo lo chiedo a lei.

– No, mi dispiace, è proprio lei invece che mi deve dare una risposta chiara e precisa.

– Io, a ottobre dell'anno scorso, ho chiesto il licenziamento, e poi sono partito per i fatti miei. Non avete ricevuto gli incartamenti firmati?

– Sì, quelli sì. Ma dove è andato a finire?

– In campagna, dove nessuno mi poteva raggiungere tra il profumo dei fiori, tra il verde, il cielo e la terra. Solo e tranquillo. Invece qui cosa è successo?

Il direttore, sospettoso, prima di rispondere si concesse un momento di riflessione, quindi chiese:

– Se viveva solo e tranquillo cosa lo ha spinto a tornare? Ha saputo qualcosa?

– Ho saputo che è morta mia moglie in un incidente e che è stato scritto il mio nome su un articolo in cui si diceva che chi portava quel nome era stato trovato morto in un'auto.

– Attenda un attimo. – Chiama la segretaria. – Per favore avvisi il dottor P., il dottor R. e tutti i componenti del servizio di sicurezza che il dottor Molina è qui da me e richiedo, prima possibile, la loro presenza. Naturalmente avvisi anche il commissario Scharr.

– Mi dispiace molto aver causato un po' di turbamento, non era nelle mie intenzioni, io volevo solo...

– Lei lo chiama turbamento, una catastrofe, una tragedia, ci ha combinato, altro che.

Arci avrebbe voluto replicare, ma un gesto del direttore lo fermò.

– Aspetti, dica quello che vuole, ma alla presenza anche degli altri.

In quel momento si aprì la porta e, come se fossero stati tutti lì ad aspettare, entrarono silenziosi senza salutare in fila indiana e si disposero ad esedra dietro il direttore guardando Molina con sospetto e ostilità.

Arci riconobbe subito l'espressione piatta, senza calore e senza forza dei suoi vecchi colleghi. Nessuna luce emettevano quegli occhi abituati a guardare, a quaranta centimetri di distanza, solo lo schermo del computer, a leggere le minuscole lettere e cifre luminescenti, per ore e ore al giorno. Attaccati al telefono per udire metalliche voci distanti senza volto. Abituati a farti conti addosso per accertarsi se eri alla moda e se eri ben inserito nel consumismo così da essere degno di ricevere il loro consenso. Arci doveva avere un aspetto ben diverso al confronto con quello che doveva avere al tempo del suo impiego all'Assicurazione.

Fu il direttore generale ad aprire la seduta straordinaria con le parole:

– Adesso il dottor Molina che, come vedete non è morto, ci spiegherà il più chiaramente possibile e senza omettere nulla quello che è avvenuto in questi sette mesi.

Poi rivolgendosi ad Arci:

– E si ricordi che ogni parola verrà registrata e che potrebbe essere usata contro di lei per una probabile incriminazione.

Arci non se la prese più di tanto, capì che gli avvenimenti dolorosi richiedevano un ordine e un esame attento e oggettivo. Per apportarvi il suo aiuto avrebbe dovuto illustrare tutto il radicale mutamento avvenuto nei suoi sentimenti, la progressiva scoperta di valori nuovi, la decisione di cambiar vita per vivere direttamente il processo creativo. Doveva però condensare il tutto in poche parole per essere essenziale e nello stesso tempo per soddisfare la necessità di chiarezza. Quindi decise di raccontare dall'inizio:

– Cari amici ed ex colleghi, in verità è successo qualcosa di molto particolare nella mia vita, di cui non so se ne potete afferrare l'importanza perché esula dalle vostre competenze, ma vengo subito ai fatti. Io da qualche anno, mi sono interessato sempre più di arte.

Prima di letteratura poi di pittura ed essendo rimasto affascinato, non solo dalle opere, ma anche dal mondo in cui ferveva l'attività che ne sta alla base, mi sono impegnato ad approfondire l'argomento. Così mi sono deciso, dopo molti dubbi, a scegliere una strada che mi portava lontano da qui, cioè dal mondo del denaro, dell'economia, degli affari e sono diventato un ... pittore, sì un pittore che sta realizzando un certo numero di opere, le quali, a detta di alcuni conoscitori, possono essere ben valutate. Per fare questo avevo bisogno di un'atmosfera diversa e così mi sono allontanato dalla mia città. Non volevo venire qui a dirvi tutto questo, quando mi decisi a partire, perché avrei dovuto sorbire tutte le vostre considerazioni sulla vita, sulla realtà, come voi la chiamate, e così ho pensato che una semplice lettera di licenziamento sarebbe bastata. Poi ho risposto alle vostre lettere, ho firmato quello che era necessario e basta. Per me è tutto qui.

Il direttore si alzò di scatto dalla sua sedia-poltrona-seggio e in tono indispettito raschiò con la sua voce stridula:

– Eh, no! Non è tutto qui. Lei sa che il suo appartamento è stato visitato dai ladri.

– L'ho scoperto qualche ora fa, quando sono rientrato a casa.

– Non lo ha mai saputo prima?

– E come potevo se stavo lontano.

– E sa che sono state trovate tracce di sangue?

– Neanche questo.

– E che a causa di questo fatto siamo stati tutti in apprensione per lei pensando che l'avessero rapita per chiedere un riscatto?

– E a chi potevano chiederlo, non certo a mia moglie che vive da me separata e che non credo abbia molta disponibilità, o forse avete temuto che lo chiedessero a voi?

– A noi, certo, e non volevamo avere sulla coscienza la sua vita.

– Ma se vi ho scritto la lettera di licenziamento...

– Ma potevano essere stati i rapitori a obbligarla a scriverla.

– Non capisco, e a che scopo?

– A stornare le indagini sulla sua ricerca, per prendersi tempo.

– E voi avreste pagato il riscatto per un impiegato che non era più al vostro servizio?

– A questo non possiamo rispondere. Il caso si presentava molto delicato, avendo gli occhi addosso di tutta la stampa, e lei sa meglio di me come sono le procedure burocratiche.

– Già, lo so.

– Mi dica, come faceva a ritirare la posta dalla casella postale se si trovava lontano.

Era ormai certo che Isabel gli aveva giocato un brutto tiro, omettendogli molte cose che lo riguardavano e di notevole importanza, pur tuttavia non voleva metterla nei guai, e per il momento preferì non nominarla.

– Una persona amica mi recapitava la posta.

– Ma non tutta a quanto sembra.

– Perché non tutta?

– Perché non ha risposto alle nostre lettere da novembre.

– E cosa mi si diceva in queste lettere?

– Le facevamo sapere che la polizia e noi, lo stavamo cercando perché temevamo per la sua vita, per la sua salute, se era stato ricattato o se invece se ne stava beato al sole del sud. Insomma cercavamo di sapere qualcosa di lei.

– Mi dispiace, se avessi immaginato una cosa simile, sarei venuto di persona a rassicurarvi. Il sospetto vostro e della polizia che io fossi stato rapito per estorsione non mi è mai pervenuto.

– E chi è questa persona incaricata di recapitarle la posta?

– Per il momento mi asterrei dal rivelarne l'identità, anche perché non mi sembra un elemento importante.

– Lo dovrà dire alla polizia, perché invece credo e non lo credo solo io, che sia una persona sospettata di coinvolgimento nei fatti tragici avvenuti nel garage quella mattina del sei maggio. Per non tenerla informato poteva avere le sue buone ragioni.

– Tutto può essere, ma a me sembra un po' forzato il sospetto. E mi può dire cosa è avvenuto di preciso in quel garage?

– Glielo dirà il commissario.

Il direttore sfiorò leggermente un tasto sulla scrivania e la voce squillante della segretaria annunciò:

– Il commissario Salomone Scharr.

– Lo faccia entrare immediatamente.

Entrò un signore alto, magro, con lo sguardo di chi non avesse più voglia di vedere niente di questo mondo, per aver visto anche troppo, troppo sangue, troppe facce corrotte, troppi delitti e quindi disgustato di tutto, come se tutto fosse in procinto di putrefarsi o di trasudare malvagità. Salutò il direttore, dette un breve cenno ai presenti per testimoniare della vecchia conoscenza e si rivolse subito ad Arci.

– Molto piacere di conoscerla dottor Arci Clemens Molina. Vedo che è vivo e vegeto, questo mi rallegra – poi voltandosi al direttore – non vorrei disturbare la vostra riunione.

– No, no, anzi è proprio necessaria la sua presenza – rispose sollecito il direttore sentendosi alleggerito dalla responsabilità di ascoltare la testimonianza soltanto in presenza dei suoi impiegati – eravamo appena all'inizio del riepilogo dei fatti. Posso accennarle brevemente che il dottor Molina, dopo la sua lettera di licenziamento, se ne stava tranquillo ... in campagna, vero? – cenno di assenzo di Arci – e non sapeva niente di tutto quello che stava succedendo qui alle sue spalle, perché, sembra, non abbia ricevuto la posta da novembre.

– Bene, bene, continuate pure il riepilogo. Mi fa piacere stare ad ascoltare.

– Stavo dicendo – continuò il direttore generale – che chi doveva spedirle la posta, non è stato in grado di assolvere al suo compito in modo corretto. Ma lei non ha letto i giornali in cui si parlava di un Arci Clemens Molina morto in un incidente ai confini con la Polonia?

– No, ho saputo solo, attraverso il medico che mi ha visitato, che era stato fatto il mio nome a proposito di questo incidente mortale, ma non sono riuscito a leggere l'articolo. In tutto il periodo della mia assenza, ho letto i giornali da un mese a questa parte e solo una volta alla settimana.

– Ho saputo che lei è diventato pittore. Aggiunse l'ispettore.

– Come lo ha saputo?

– Ad un ispettore di polizia non si chiede mai come è venuto a sapere questo o quest'altro, lo sa e basta.

– Ma come potevate credere che fossi io quel povero uomo morto nell'incidente?

– Perché, permette commissario Scharr?

– Ma naturale, io voglio solo ascoltare.

– Perché, – rispose il direttore generale – il morto era irriconoscibile, completamenmte carbonizzato e trovato dentro la sua auto.

– La mia auto?

– Già, la sua auto, riscontrabile dalla targa.

– Io l'avevo venduta qualche giorno dopo la mia partenza da qui. Per cui avete pensato a me, ma non potevate essere sicuri perché il morto, ha detto, era irriconoscibile.

– Appunto, per cui la polizia ha accompagnato la signora Else Molina all'obitorio di quella città in Polonia per il riconoscimento.

– E mi ha riconosciuto?

– Certamente. Sembra da un bracciale di acciaio che portava al polso della mano sinistra il cadavere e che la signora ha asserito essere proprio il suo.

– Ma io non ho mai portato bracciali d'acciaio al polso.

Il direttore guardò il commisario il quale non si scompose. Arci si alzò, si mise a camminare nervosamente in su e giù e chiese il permesso di fumare una sigaretta.

– Quindi sua moglie a questo punto era in diritto di riscuotere il premio dell'Assicurazione che, avendo lei sempre pagato le quote regolarmente, ammontava ad una bella cifra.

– Come è morta mia moglie?

– Sbattendo la testa contro un pilastro di cemento in un garage.

– Povera Else!

– Ma sembra che non sia inciampata per caso, ma che vi venisse spinta, e, dal referto medico, spinta da un'auto.

– Un incidente, allora.

A questo punto, il commissario Salomone Scharr, per arrivare più presto a delle conclusioni, intervenne:

– L'urto sembra sia stato causato da un'auto in corsa che nel garage andava alla velocità di almeno sessanta chilometri all'ora. Non le sembra una velocità eccessiva all'interno di un garage? Pensando che inoltre si sono trovati due uomini morti di cui uno colpito da proiettili di pistola risulta strano come incidente, non le sembra?

– E' stato un assassinio.

– Esattamente.

– Ma perché ucciderla, voglio dire a quale scopo?

– Per incassare il premio.

– E chi poteva avere interesse ...

– Ma dottor Molina, questa è pura ingenuità.

– Sì, può darsi, perché io trovo sempre pazzesco, anormale, inumano, che per denaro si uccida, così senza pietà.

– Ma il mondo è pieno di avidi di denaro che sono capaci di uccidere senza farsi troppi problemi.

– Già, il denaro. – E dette un'occhiata che abbracciò tutto l'ambiente compreso i presenti, – e non si è scoperto il colpevole?

– Ci siamo vicini. Rispose il commissario.

– E gli altri due morti chi sono?

– Uno è l'amico di sua moglie, Helmut Hansen e l'altro un certo Arnold Ludwig.

– Arnold? Il mio vecchio amico Arnold, ma come è possibile! Cosa c'entrava lui? Ma questa è una carneficina. Ed io che stavo in pace e tranquillo a pitturare, mentre qui c'è stato l'inferno. Ma come è rimasto coinvolto Arnold non capisco.

– È difficile anche per noi, sicuramente lei potrà aiutarci nelle indagini.

– Mi consideri a sua disposizione.

– Grazie, lo presumevo. Scusi una domanda: lei è arrivato oggi e ha cercato di mettersi in contatto con la sua segretaria Isabel Dorn. Quindi con un taxi, dopo poco essere arrivato in città, è venuto qui. Perché è tornato se non sapeva nulla, poteva starsene ancora in campagna a pitturare.

– Ho ricevuto una lettera in cui mi si dava la triste notizia della morte di mia moglie.

– Lei prima ha detto che ci vuole aiutare e che si mette a nostra disposizione.

– Sì, l'ho detto.

– Facciamo il primo passo in questa direzione: mi fa leggere quella lettera?

– Sì, gliela posso far leggere, ma così temo di pregiudicare la reputazione di una conoscente cara che non ha niente a che fare con questa faccenda.

– Capisco, ma io sarò assolutamente discreto. Diciamo che rimarrà tra noi due.

Arci estrasse di malavoglia la lettera di Isabel, senza la busta, e la consegnò al commissario. Questi la scorse rapidamente e alla fine esclamò:

– Ma non è firmata!

– Ma io so chi l'ha scritta.

– Anch'io, – affermò con un sorrisino il commissario, come per dire: a noi non sfugge niente. – Bene, allora facciamo così: - si alzò lentamente, si guardò intorno mentre parlava con Arci – lei, per adesso, rimane agli arresti domiciliari. Non può partire, andare in nessun posto fuori di questa città senza un regolare permesso. Può uscire di casa, ma sarà sempre sorvegliato nei movimenti. Questo fino a che non saranno accertati alcuni punti ancora poco chiari.

– Ma io non ho fatto niente.

– Sì, lei ha forzato il sigillo di casa sua, e questo è reato, secondo: lei è implicato insieme ad altri nella morte di tre persone e per la scomparsa del denaro riguardante il premio di assicurazione il quale, visto che lei è vivo, va restituito. Domani è pregato di venire al mio ufficio verso le dieci. Grazie e arrivederci.

Dopo aver educatamente dato la mano al direttore generale, col solito cenno circolare della testa sbrigò il saluto agli altri presenti, aprì la porta, fece un cenno con la testa al di là della soglia, apparvero due poliziotti che entrarono e si misero ai lati di Arci.

– Un momento, per favore. – Arci si rivolse al direttore – posso salutare prima di andar via la mia segretaria Isabel Dorn?

– E' assente – rispose il direttore.

– Malata?

– Sì, ma non a casa, ricoverata in una clinica nella Selva Nera.

Il commissario che già si trovava nell'anticamera, tornò indietro per puntualizzare:

– Fino a ieri, sì.

– Ma come, doveva rimanere fino alla fine del mese.

– Invece ha pensato bene di eludere la nostra sorveglianza e di sparire.

– Sparire?! – Sottolineò con grande meraviglia il direttore con accompagnamento di occhio sgranato.

– Non si trova da nessuna parte.

Arci volendo gettare acqua sul fuoco per sdrammatizzare e per contribuire a suo modo alle ricerche, senza sapere che invece andava ad impantanarsi, si affrettò a suggerire:

– Sarà presso il padre morente.

– Il padre morente? Non ho mai visto un uomo più in salute di quello. No, non si trova neanche dai genitori.

Ad Arci non rimase che abbassare la testa e sfilare via attraverso gli sguardi di tutti, sotto le luci senza ombre dei neon, e frastornato dalle grottesche vicissitudini riversategli addosso in meno di un'ora. Si diresse all'uscita accompagnato dai due poliziotti i quali lo invitarono a salire sulla loro auto per scortarlo a casa.

Se la casa di città poteva presentarsi ormai estranea data l'acquisizione di un nuovo stile di vita, adesso, immersa nel caos, perdeva anche l'ultimo sostegno della confortabilità esteriore. Sistemò il letto alla meglio e, per cercare di rimandare tutti i pensieri al giorno dopo, vi si buttò sopra con lo stesso modo con cui si getta un oggetto inservibile, adottando quel gesto per se stesso come a considerarsi frantumato e schiacciato dalla violenza del mondo.

Il giorno seguente, di buon mattino, si svegliò. La coscienza lo rigettò nella cruda realtà e nell'atmosfera della sera prima, ma non avendo la forza di addolorarsi con la stessa intensità, si occupò della sua toilette, si fece la barba, la doccia, si scelse una camicia elegante, s'annodò una cravatta, come a riprendere il ruolo del dottore, e scese a fare colazione dopo aver comprato il giornale. Chiamò un taxi e andò all'uffico del commissario di polizia.

Quando entrò, introdotto da una giovane poliziotta con l'arma sotto l'ascella, nella zona riservata alle indagini, vide su una parete appuntate con lo spillo le fotografie di tutti quelli che conosceva: Else, Helmut, Isabel, Arnold, e la sua; una parte ingrandita della pianta della città con un cerchio rosso: il punto dove doveva trovarsi il garage dello scontro.

Lo introdussero dal commissario Scharr il quale si alzò gentilmente, gli strinse la mano e gli concedette un'occhiata formale con il sollevamento infinitesimale delle palpebre, mantenendo costantemente, per tutta la conversazione, lo sguardo in giro per la stanza, senza soffermarsi, se non di sfuggita, su quello di Arci.

– Bene, adesso lei per favore mi racconti il suo progressivo cambiamento di vita, sulla necessità che lo ha spinto a mutare abitudini, lavoro, considerazioni. Vede, a me personalmente piacciono molto gli artisti, e devo ammettere che nelle statitistiche criminali essi stanno all'ultimo posto, anzi sono quasi assenti, con una percentuale minima. Ma lei prima di diventare artista è stato molto impegnato nel mondo dell'economia, degli affari internazionali, a parte il suo lavoro all'Assicurazione, e il suo cambiamento potrebbe sembrare molto rapido e drastico per non far sorgere delle perplessità.

– Non è stato rapido, forse drastico, ma ho impiegato degli anni per apprezzare l'attività che poi ho scelto. Da considerare inoltre che ogni persona ha un tempo diverso per penetrare in realtà nuove, per appassionarsi a nuovi aspetti della vita.

– Anche questo è vero. Ho scoperto che lei ha nella sua libreria 'Le mosche del capitale' di Paolo Volponi e tra le pagine c'è la cartolina di auguri per il suo compleanno, adesso ne ha quarantatré e mezzo, può forse far risalire l'inizio dei suoi nuovi interessi più o meno a quel momento?

– Sì, credo proprio di sì.

– Allora in tre anni, non considerando i suoi sette mesi di assenza, ha persorso una strada ripida in breve tempo.

– Ma se lei moltiplica ventiquattro ore per trecentosessantacinque giorni e poi per tre anni ottiene un numero considerevole di ore, di cui una parte, meno di un terzo, dedicata al sonno, anche se non è detto che dormendo non si elabori l'interesse vissuto durante il giorno.

– Va bene, accetto la possibilità di cambiare radicalmente in tre anni, ma perché è sparito senza avvertire nessuno?

– Ammetto di aver commesso una leggerezza.

– Assomiglia di più ad una premeditazione.

– Secondo lei che cosa mi sarei proposto così, o che cosa avrei premeditato.

– E' quello che voglio scoprire perché sembra davvero che ci fosse un intento molto ben studiato, affinché avvenissero certe conseguenze.

– Senta, perché non viene con me, anzi la invito volentieri a visitare la mia nuova casa, dove ho vissuto questi sette mesi, e le mostro con piacere, se le interessa, la mia produzione pittorica.

– Perché?

– Per convincerla che sono davvero un pittore.

– I suoi quadri, belli e tanti che siano, non potrebbero testimoniare per le sue buone intenzioni. Qualcosa doveva pur fare in questo periodo.

– Ma mi dica, allora, di che cosa sono accusato.

– E' sospettato per la morte di sua moglie Else.

– E perché avrei dovuto uccidere mia moglie.

– Per entrare in possesso dell'eredità. Sua moglie ha ereditato dai genitori, precisamente dalla madre, un castello in Baviera che vale molti milioni di Euro.

– Il castello in Baviera? L'eredità della madre. – Ripeté automaticamente Arci.

–Io l'ho visto solo in fotografia, è una costruzione notevole. - Puntualizzò il commissario.

– Ma c'era, mi sembra, il sospetto che mia moglie avesse fatto un falso riconoscimento del cadavere carbonizzato trovato nell'auto, per riscuotere il premio dell'Assicurazione, non le sembra una contraddizione?

– Infatti, può sembrare così se non si considera il fatto che sua moglie non si aspettava questa eredità, cioè non sapeva che le sarebbe stata trasmessa alla morte della madre, mentre lei, dottor Molina, lo sapeva.

– Io?

– Nel giugno di due anni fa, lei è stato in Baviera e ha visitato la vecchia madre di Else, che era molto malata.

– Sì, me lo ricordo.

– E la vecchia madre le disse che avrebbe lasciato tutta l'eredità alla figlia.

– Anche questo è vero.

– Allora calcoli i tempi. La vecchia signora non aveva molto più da vivere, un anno, forse due. Se lei fosse riuscito, prima della morte della madre, a uccidere Else, avrebbe poi, come marito, avuto, con i relativi passaggi di proprietà, l'eredità della moglie, prima che questa ne sapesse qualcosa. Perché la madre ha voluto tenere segreto questo lascito alla figlia come rimprovero di aver abbandonato lei, dottor Molina, e di essersi messa con quell'altro. Nel caso la madre fosse morta prima della figlia, la signora Else avrebbe ricevuto l'eredità e non si sarebbe più interessata al premio dell'Assicurazione. Il fatto che sua moglie abbia cercato di accaparrarsi il premio conferma che non sapeva di essere ereditaria di una fortuna.

– Tutto questo mettere in gioco le vite umane, questo arabesco di ipotesi omicide, cancella senza riguardo ogni distinzione individuale, ogni caratteristica personale, presentando solo pupazzi meccanici caricati con la molla dell'inganno, dell'estorsione, del raggiro.

– Non faccia caso alla mia freddezza, dopo trent'anni di questo lavoro in cui casi come questo se ne presentano molti, ci si fa una certa crosta. In ogni modo, e nonostante la sua ripugnanza per il tipo di riflessioni, lei capisce che i sospetti cadono anche su di lei.

– Va bene, mi rassegno all'incastro di supposizioni, non ho scelta. Tornando ai fatti, come li chiama lei, non capisco però una cosa: mia moglie è stata forse ricattata da qualcuno, è stata costretta a dividere il premio? Perché, in qualsiasi caso, cioè nel caso lei avesse ereditato sarebbe stata in ogni modo oggetto di intimazione, forse per una cifra maggiore.

– Dalla posizione dei cadaveri si può presupporre che sia stato Helmut, trovato con una calza da donna sulla testa, che doveva servirgli per non farsi riconoscere, a ricattare Else, ed è morto schiacciato o colpito dall'auto di sua moglie. La presenza di Arnold rimane un po' enigmatica. Non si capisce che ruolo abbia avuto per finire così. Lui in ogni modo non può essere stato a investire sua moglie perché se ne stava andando verso l'uscita pedonale a piedi. Quindi una terza persona deve avere investito sua moglie, anche perché il malloppo è sparito. L'altra ipotesi è che lei , dottor Molina, sia stato il mandante, cioè colui che ha gestito la cosa da coinvolgere più persone ad adoperarsi per ottenere il premio, prima di tutti la sua segretaria Isabel, di cui se ne è servito da lontano, facendo credere di essere interessato al premio quando invece era interessato solo alla morte della moglie per arrivare alla più sostanziosa eredità di cui nessuno sapeva niente, all'infuori della vecchia madre e di lei. Per di più, tornando al discorso di prima, se sua moglie avesse ricevuto l'eredità, non avrebbe falsificato il riconoscimento, lei risultava ancora vivo e Else avrebbe forse sempre ricevuto un ricatto o una richiesta esosa, ma gli avvenimenti non li avrebbe potuti guidare lei, dottor Molina, e sarebbe dovuto intervenire direttamente o pagare un killer per eliminare la moglie. E si sarebbe visto sospettare subito come il primo indiziato, essendo il marito. Troppo rischioso per una testa lucida abituata a calcolare i rischi assicurativi. Invece il premio poteva far gola a qualcun altro, non certamente a lei, perché erano soldi suoi, e questo qualcun altro poteva, costretto dalle circostanze o invitato su pagamento, a uccidere sua moglie. Il sospetto era dirottato su un criminale che voleva impossessarsi del premio mentre lei ne usciva pulito.

– Io non so che cosa dire, mi sembra di vivere un incubo. Stavo così bene a casa mia in campagna.

– E lei ci potrà tornare libero e senza timore di essere di nuovo convocato dalla polizia, se mi aiuta a chiarire alcuni dettagli che mi sono ancora oscuri.

– Cioè?

– Vorrei sapere cosa ne pensa di Isabel Dorn. Ieri ha avuto delle reazioni di delusione quando ha sentito che non aveva ricevuto tutta la posta, e che il padre di Isabel non è mai stato malato. Posso capire che l'amante voglia nascondere o proteggere l'amata, ma qui si tratta di scavalcare i sentimenti personali per far luce sulla verità, per cui l'amore, se non è stato strumentalizzato, può risultare rinforzato.

– Come suppone che sia la mia amante?

– Non lo suppongo, mi è stato riferito.

– Posso sapere da chi?

– Sì, glielo dico, se però mi dà l'opportunità di integrare la biografia della sua segretaria che ascolterò volentieri, ma che sarà difettosa in qualche punto. Me lo ha detto la signora Ivana Müller che lo ha saputo da un certo Alvarez, non ricordo il cognome, in ogni modo ce l'ho segnato nel mio taccuino.

– Non conosco questa signora.

– La signora Müller doveva essere, in realtà, la sua segretaria e non Isabel Dorn. Ma questa fece di tutto per convincere la vincitrice del consorso a rinunciarci. I mezzi glieli tralascio perché sono meschini, e non vorrei tormentare la ferita già di per sé dolorosa. Allora mi dica come si è sviluppato il vostro rapporto: c'è stata qualche influenza reciproca?

– Io casco dalle nuvole a sentire tutto ciò. Pensi che quando sono partito, quel sabato ventotto ottobre, la vita mi sembrava affascinante, ed io mi sentivo libero, di fronte ad un nuovo futuro, i dubbi non mancavano, ma sapevo che sarei riuscito ad affrontare le difficoltà della solitudine, dei risultati mediocri ...

– Scusi, se la interrompo, ma non mi vuol parlare di Isabel?

– No, non me la sento, sono troppo scosso, mi sembra di aver sbagliato tutto, e lei mi presenta il mondo, cioè le persone che mi sono state vicine, come nemiche e con il solo interesse per il denaro. Come posso parlare di una persona ...

– Va bene, rimandiamo a domani, ma non un giorno più tardi, sono costretto a lottare con il tempo, vi sono delle priorità che devo rispettare altrimenti va tutto in fumo.

Si aprì la porta e un segretario porse delle carte al commissario.

– Mi scusi un momento. – Lesse in fretta il contenuto poi rivolgendosi ad Arci, - Isabel ha preso un taxi di notte che l'ha portata alla stazione ferroviaria di Friburgo. Le sarà costata una bella cifra. Questa è l'ultima notizia sulla sua bella segretaria.

– Posso andare?

– Certo. Allora ci vediamo domani alle nove, qui da me.

Arci non accettò il passaggio offerto dalla polizia e chiese il permesso di andare a piedi. Aveva bisogno di muoversi, di pensare camminando, di allegerire la gravità delle accuse distraendosi nel traffico cittadino, osservando le persone, guardando le vetrine, le auto nuove nei saloni, le riviste nei chioschi di giornali. Voleva dimenticare quello che aveva udito dal commissario e si accorse, via via che s'immergeva sempre più nei colori, nei visi della gente, nei rumori, negli odori diversi che si spandevano dai diversi negozi, che gli stava tornando fiducia nel futuro, nella vita. Non poteva rimanere afflitto per troppo tempo. Lui certamente aveva sottovalutato la responsabilità di un gesto, di un atto, del cambiamento, che, invece, aveva condotto all'abuso, alla calunnia, alla disgrazia, un bel numero di persone. Aveva innescato involontariamente una reazione a catena i cui elementi (i saldi riferimenti ai valori standard con i quali si cresce e che l'educazione e la scuola insegnano), di solito trattenuti in una armonica collaborazione dalla consuetudine morale, trovandosi liberi e senza controllo, al primo contatto avevano fatto esplodere la miscela.

Si fermò a comprare dei colori nuovi ad olio, il carboncino, alcune matite; comprò anche dei gessi colorati e un blocco di fogli da disegno.

A casa si adoperò con solerzia a mettere a posto. Provò il piacere dell'attività fisica, il piacere dell'ordine, della pulizia. Uscì per andare a comprare qualcosa da mangiare e per rifornire il frigorifero col presentimento che non sarebbe potuto tornare molto presto alla sua casa di campagna.

Se era riuscito per qualche ora, con uno sforzo cosciente, a tenere sullo sfondo i sentimenti dolorosi, a sera, solo, seduto sul divano, dove aveva abbracciato per la prima volta Isabel, non riuscì più ad arginare la piena dei dubbi, delle diffidenze, dei sospetti che, ostentati dal commissario e gonfiati dalle speculazioni tortuose, volevano straripare a sommergere la fiducia e la speranza per il futuro, ancora salde nel suo animo, per gettarlo nella condizione di avvilimento, di inettitudine, di colpa, di impotenza. Le accuse ricevute le considerava, in gran parte, dovute alla normale procedura poliziesca che deve sospettare di tutti prima di giungere ad ordinare il caos degli eventi. Ma il martellante succedersi delle domande non voleva arrestarsi: come poteva, Else, dopo il falso riconoscimento, nascondere il vero Arci, di cui non sapeva dove fosse e che forse prima o poi sarebbe riapparso? Aveva forse intenzione di sparire all'estero prima che io tornassi? Chi sapeva quando io sarei tornato? Solo Isabel. Solo Isabel? Strano. E' chiaro che Isabel ha cercato di trattenermi fuori il più possibile, non comunicandomi dei ladri, della preoccupazione di tutti per il probabile rapimento, del falso Arci morto, del premio riscosso; e solo dopo la tragedia nel garage, mi ha comunicato alcune notizie confuse nella sua ultima lettera. Che fosse anche lei interessata al premio? E che speranza poteva avere lei di incassarlo, non essendo la moglie? Era probabilmente d'accordo con Else, una mi teneva lontano, l'altra riscuoteva il denaro e poi se lo dividevano. E che c'entra, allora, la morte di Helmut e quella di Arnold? Povero amico, forse eri preoccupato per me; so che non avevi simpatia per Else, da sempre, poi quando si mise con quel tipo, allora esprimesti parole molto dure nei suoi confronti, nonostante io ti dimostrassi che non era stato per me un dolore. I nostri rapporti si erano da tempo allentati, erano venuti a mancare stima e interesse reciproci. Non posso immaginare come tu possa essere stato coinvolto, colpito alle spalle, a tradimento, da chi? Come può rendere vili il denaro. Helmut era un debole, dipendente dal gioco, sempre con l'atteggiamento del Don Giovanni, le donne gli cascavano ai piedi, come si suol dire, ma non lo vedo proprio come assassino, forse più come ricattatore; mentiva spesso, raccontava frottole su di sé, sulle sue capacità, per sostenere una facciata brillante, che il più delle volte crollava miseramente. Forse non andava più tanto bene con Else. Avranno litigato, forse era lui che voleva una parte dei soldi ed Else lo ha eliminato. Arnold può essere stato testimone del delitto e ci ha rimesso la vita. Else può aver ucciso due uomini? Ma come è possibile! Nessun testimone? Forse Isabel, il denaro è sparito, lei anche, che ci sia un collegamento? Che Alvarez ne sappia qualcosa? Era con lei sempre in contatto. Può darsi che si sia rifugiata da lui. Io non posso muovermi con quel poliziotto alle calcagna e il telefono è controllato.

Cara Isabel, il commissario vuol conoscere il nostro rapporto, se lo potessi conoscere io stesso! Bella e dolce Isabel, può essere stata tutta una finzione? Sarebbe interessante poter constatare la percentuale di sincerità di un gesto, diciamo d'amore; esso potrebbe anche essere genuino e mosso dall'entusiasmo e dal desiderio, ma allo stesso tempo potrebbe essere soffocato da un altra aspirazione che è più forte della prima e alla quale si deve obbedire senza essere coscienti di essere teleguidati da una forza superiore. Probabilmente Isabel mi voleva bene davvero, forse mi amava addirittura, secondo le sue parole, non posso credere che sia stata tutta una finta, ma qualcosa la ossessionava, credo il desiderio di dimostrare al mondo e a me che lei era furbissima, che sarebbe riuscita a ingannare così bene tutti, che nessuno l'avrebbe sospettata. Quando ha spedito la lettera sapeva che io sarei tornato subito e ha evitato d'incontrarmi. La lettera l'ha spedita dalla clinica nella Foresta Nera, si era premunita e preparata alla fuga. Mi dispiace davvero per lei, una donna intelligente, affascinante, mi sarebbe piaciuto viverle vicino, dividere con lei le difficoltà del mio nuovo percorso, no, che dico! questo sarebbe da parte mia una pura pianificazione egoistica. Forse a lei, i miei discorsi non interessavano proprio. Ed io, nella mia ossessione di cercare di diventare un artista non mi sono accorto invece dei suoi problemi, delle sue aspirazioni, della sua vera identità. Anche per Else non deve essere stato facile sopportare la mia ambizione di diventare qualcuno nel campo della finanza. Perché non si riesce ad accettare quello che il destino ci propone mentre invece si vuole essere e avere di più, riconoscimento, potere, fama? Domani di nuovo dal commissario che mi incolperà ancora di aver ucciso mia moglie per ereditare il castello in Baviera. Se sapesse che me ne ero completamente dimenticato, di quel tesoro, cosa penserebbe di me. Possibile che Else ignorasse che era destinataria dell'eredità? Sapeva che la madre era molto malata e che sarebbe presto morta, forse pensava che la madre, a seguito dei loro cattivi rapporti, avrebbe lasciato il castello alla città, al comune. E' inutile che mi rompo la testa a pensare a tutto l'intreccio, non lo posso sbrogliare. E mi fa male pensare all'atrocità con la quale sono stati commessi quei delitti. Basta, pensiamo ad altro. Vediamo se c'è qualche libro interessante da portarmi, un domani e speriamo presto, in campagna.

Era impegnato a rappresentarsi , dai titoli che leggeva scorrendo la fila dei libri sullo scaffale, il piacere che avrebbe provato a introdursi nelle trame drammatiche di alcuni romanzi, l'interesse e le nuove cognizioni che avrebbe acquisito dai saggi e testi filosofici, da Platone a Rosmini, Croce, Hegel, che stavano a disposizione dei mendicanti del sapere; quando sentì suonare alla porta. Andò ad aprire e si trovò di fronte Isabel.

– Posso entrare?

– Certo, vieni. – Dopo un attimo di esitazione le chiese prendendole le mani, – posso?

– Mi fa sempre piacere.

Arci le dette un bacio. Lei ricambiò con calore. Isabel si accomodò sul sofà e lui si mise davanti a lei piegato sulle ginocchia, tenendole le mani.

– Quante cose sono successe dall'ultima volta che ti ho visto. Sembra così tutto cambiato, tutto in discussione, tutto sottosopra. Isabel, ti vedo più pallida, tesa, con gli occhi gonfi come se non avessi dormito. Io ho pensato molto a quello che puoi aver sofferto ultimamente e, allo stesso tempo, non ti nego, mi sono sorti molti dubbi su di te, sui tuoi sentimenti, su quello che si sospetta di te.

– Arci, sono venuta da te perché, anche se posso averti fatto del male e quindi anche se puoi avercela con me fino ad odiarmi, so che sei anche l'unico con il quale posso parlare liberamente, senza pensare di dover nascondere i lati più brutti della mia personalità. E' stato molto bello stare da te quei fine settimana, e li ricorderò come i momenti più belli della mia vita, ma devo ammettere che sono stati troppo belli, troppo, certo, nel senso che li ricordo come qualcosa fuori dal mondo, come se li avessi sognati, e non vissuti realmente. Ricordo che quando partivo da te e tornavo a casa lottavano in me due sentimenti antagonisti: l'uno era pieno di speranza per il bello, per il buono, per qualcosa di nuovo ancora da vivere, quindi ignoto; l'altro era di radicale giudizio negativo su di te per come un uomo potesse godere di uno stato privilegiato senza tener conto del resto del mondo, disprezzando il denaro, la fatica per guadagnarlo, il grigiore dei sentimenti che invadono quando guardi le cose e le persone solo dal lato del valore monetario, quando vorresti dire di no, e invece devi dire di sì perché altrimenti ti scartano, quando vedi degli inetti stare in cima solo perché sono sostenuti dai politici, e sei sempre costretta a servire perché non puoi comandare, gestire, intraprendere. Cosa potevo essere io per te? cosa diventare? Una buona e brava compagna che apprezza i quadri del suo amante? E poi? Andare a fare la spesa, pensare alla casa, o forse continuare come impiegata all'Assicurazione e ogni tanto venire a consolarti della tua solitudine? Allora, in quelle ore in treno, mentre mi scorrevano sotto gli occhi i paesaggi, le città, mi lampeggiava il sole tra gli alberi, distendevo lontano sulle pianure verdi lo sguardo fisso e impassibile, pensavo a me, non a te (tu eri già dall'altra parte, dalla parte dei fantasmi), a come io potevo essere, essere di più, ancora di più, sempre di più, lacerando e gettando alle ortiche i buoni sentimenti, che forse non ho mai avuto e che per alcuni momenti mi sono sorti, stando vicino a te, subendo il tuo benevole influsso, sì, certo, benevolo, ma non mio, io col bene, col buono, col bello non ho niente a che fare, mi sono assolutamente estranei. Così mi sono sempre più interessata alle vicende del caso Molina, già tu sei un caso, un'opportunità come tante altre, a sua moglie, e sapevo che, tu stando lontano e introvabile, gli animi si sarebbero agitati, agitati non per la tua vita e salute, ma per il tuo denaro. Non ci vuole molto a capirlo, non sono una maga, è normale, tutti pensano al denaro. E spesso si sgozzano tra fratelli per avere un'eredità. Perché non avrei dovuto pensare io al tuo premio dell'Assicurazione? E quando tua moglie ha mentito sul riconoscimento di quel povero disgraziato trovato morto in quell'auto ho subito calcolato il tempo in cui sarebbe avvenuto lo scontro tra Else e Helmut. Arnold si è immischiato, voleva fare giustizia da solo, illuso. Helmut ha ricattato Else e lei lo ha ucciso. Arnold ha visto tutto e ha preso a schiaffi Else, era disarmato, ha preso il denaro e voleva andare alla polizia. Else gli ha sparato alle spalle, ha ripreso la busta con i soldi e stava per andarsene...

Arci durante la lunga confessione di Isabel era andato a versarsi qualcosa da bere, in fondo alla sala, dandole le spalle.

– Perché non termini il tuo racconto, manca ancora il finale.

– Stava per andarsene con due delitti e i soldi.

– Allora sei arrivata tu e l'hai sbattuta con l'auto contro un pilastro di cemento. Hai preso i soldi e il giorno dopo sei andata a lavorare come se niente fosse stato. Ma dovevi sparire, perché prima o poi sarebbero venuti a scoprirti, così hai inscenato una crisi di nervi a causa di tutto quello che era successo e hai chiesto di fare una cura in clinica. Era certo più facile sparire di là. E di là mi hai scritto, non c'era ormai più bisogno che io rimanessi lontano. Il più era fatto.

– Bravo.

– Ma perché sei tornata? Non vorrai dirmi che sentivi il bisogno di confessarti, di raccontarmi tutto questo. Lo avrei appreso, un po' romanzato, dai giornali; lo sai come sono traboccanti di dettagli, di particolari, di supposizioni, stucchevoli di immagini macabre in queste storie di cronaca nera e la gente li legge come sanguisughe, come vampiri, ma che bevono il sangue succhiato dagli altri. E tu, mia bella Isabel, sei caduta nel tranello, nella trappola del denaro. Ma quello che mi duole di più è il dubbio che da molto tempo tu abbia cercato di crearmi una trappola, una ragnatela dalla quale non mi fosse possibile sfuggire. Il tuo entusiasmo per la mia scelta era una finta, ben programmata, studiata e da svolgere nel tempo, senza fretta perché erano gli altri a crearti la base per il tuo colpo finale! Mi sono venute in mente anche quelle parole scritte sulla cartolina del mio quarantesimo compleanno: auguri per il tuo futuro che attende da te il volo più alto di quello di una mosca. Tu scrivesti quelle parole, ma nascondesti la mano, temendo una mia reazione che avrebbe pregiudicato la tua posizione di segretaria. Tu avevi l'intenzione di provocarmi per studiarmi. Mi sorvegliavi, volevi sapere in che modo mi avresti potuto utilizzare per conquistarti denaro o una posizione di rilievo. Hai inoltre constatato che, secondo il mio carattere, quando io mi decido a fare una cosa la porto avanti, la prendo sul serio e ti sei basata su questo per sentirti sicura che sarei rimasto assente per assolvere il mio impegno come mi ero ripromesso, e per tutto il tempo che a te serviva. Il resto è noto. Ma meglio così che una falsa brava donna che non ha il coraggio di attuare quello che sente prorompere dentro, come un categorico ordine: la ribellione alle norme consuete di una moralità stantia e ammuffita. Solo che non credo potrai goderti il frutto del tuo elaborato e intricato piano, perché la polizia sta sulle tue tracce e non ci metterà molto ad acciuffarti. E' stato oltremodo rischioso venire da me. Non sai che mi stanno controllando?

– Lo so benissimo, ma non sono venuta soltanto per raccontarti la mia storia, ma per portarti via con me.

– Via con te? Questo mi lusinga. Vuoi dire che vuoi vivere con me che...

Isabel scoppiò in una sonora risata.

– La tua ingenuità ti rende più bello, più amabile, ma non mi seduce. No, tu vieni via con me perché voglio anche l'eredità del castello in Baviera.

Arci non sopportava di essere considerato un ingenuo, anche se ammetteva di essere sprovvisto delle armi della furbizia, perché il suo modo di rapportarsi ai fatti era quello di vedere per prima cosa il lato positivo e solo in un secondo momento quello negativo. Oltre a questo lo investì l'avidità di Isabel. Quell'eredità non gli apparteneva, era una cosa a lui estranea e di cui si sarebbe presto disfatto. Furioso si lanciò verso Isabel, alla quale avrebbe strizzato volentieri il collo quel tanto da farla tornare in sé. Ma Isabel, prevedendo la sua reazione, aveva estratto una pistola che senza indugio gli puntò contro.

– Attento, non scherzo.

– Cosa vuoi fare, metti via quell'arma.

– Niente affatto e fai quello che ti dico.

– Avresti il coraggio di uccidermi?

– Se la necessità lo richiedesse potrei renderti inoffensivo. Non mi converrebbe eliminarti.

Lo spinse verso la cucina.

– Prendi una borsa e riempila con tutto quello che c'è in frigorifero. In bagno prendi quello che ti serve per un soggiorno lungo, e non dimenticare il passaporto.

Arci la guardò meravigliato e si trattenne indeciso, ma ad un secondo ordine perentorio eseguì gli ordini senza chiedere le motivazioni.

Isabel lo spinse verso la porta di casa. Prima di aprire gli intimò:

– Adesso io apro la porta, scendiamo le scale, andiamo in cantina. Da una di esse si passa in giardino, dietro la casa. Si esce sulla strada a braccetto come due amici o se preferisci come due amanti. Ci dirigiamo a sinistra per cinquanta metri. Vedrai una vecchia Opel blu parcheggiata. Io apro la portiera di destra. Tu entri da quella parte e ti sposti dal lato del conducente, io entro subito dopo, ti do le chiavi, metti in moto col minimo del gas e andrai dove ti dirò io. Adesso assoluto silenzio. Se commetti una qualsiasi sciocchezza, come quella di chiedere aiuto o di fuggire, volerai rapido in Paradiso, quello bello con tanti colori.

– A seguire le indagini del commissario mi stavo abituando a vederti nei panni della criminale, ma averti adesso davanti così dura, con la pistola in mano e sentire la tua bella voce, vedere i tuoi bei capelli, i tuoi occhi luminosi mi fa smarrire, mi confonde per il contrasto assurdo che mi presenti, quasi non ci credo.

– E invece ci devi credere.

– Aspetta, ascolta, come pensi di avere anche i soldi dell'eredità. Non sono andato dal notaio, il castello adesso è mio, ma non l'ho ancora venduto, non è una cosa veloce, ci vuole del tempo.

– Tu scriverai al notaio di mandarti la verifica del lascito, con la promessa di raggiungerlo prima possibile per il disbrigo delle pratiche relative. Con quel documento andrai alla banca che ti concederà un anticipo se tu gli prometterai di versare tutto il tuo denaro presente e futuro alla sua banca. Poi mi firmerai un assegno. Io verserò quest'assegno su un altro conto e poi ti lascerò libero di tornare nella tua bella casa di campagna. Se ci saranno delle difficoltà burocratiche le risolveremo insieme. A te non dispiacerà, vero, se ti alleggerisco di un po' di denaro, tanto a te non serve, tu sei un artista.

Isabel s'infilò un caschetto di lana sulla testa per nascondere i suoi capelli biondi. Aprì la porta. Scesero le scale. Uscirono per strada. Isabel teneva sotto la giacca la pistola puntata al fianco di lui. Entrarono in macchina e partirono. Si diressero verso sud. Viaggiarono per un'ora circa. Arrivarono in un paese; parcheggiarono la macchina. Isabel gettò le chiavi in un raccoglitore dei rifiuti. A piedi si diressero alla stazione. Presero un treno che viaggiò per due ore verso nord. Scesi, Isabel condusse Arci in città nell'appartamento che aveva affittato da poco tempo. Obbligò Arci a stendersi per terra. Gli legò, con nastri adesivi mani e piedi. Appoggiò la pistola in un angolo e si liberò della giacca e dello zuccotto.

– Ecco, siamo a casa. Tu puoi dormire così, sul tappeto. Ti do un cuscino e ti copro con una bella coperta di lana. Io dormo qui sul sofà. Domani ti darò da mangiare. Adesso silenzio perché sono stanca. Buonanotte.

Sdraiato per terra, con i polsi e le caviglie che gli dolevano, pensando alla fuga da casa sua, alla bella segretaria che aveva assunto in pieno il ruolo della criminale esperta, furba, senza scrupoli, dura, spietata, non riusciva a prendere sonno come quando, tempo addietro, tormentato dal dubbio di cambiare vita, la tensione lo teneva desto, all'erta, per afferrare qualche idea o soluzione che potesse illuminare il suo futuro. No, non sapeva proprio cosa gli sarebbe capitato. Non riusciva a formulare soluzioni minimamente dignitose per sfuggire al ricatto o alla violenza di cui era vittima impotente. Aveva pensato di promettere alla sua avvenente aguzzina il ricavato della vendita del castello, quando ne fosse venuto in possesso e di trasmetterle l'importo dove lei desiderava, fosse anche in Sud-America, dove forse lei si sarebbe voluta rifugiare, ma scartò l'idea perché mai un criminale si fida di una proposta che puzza di generosità. Mentre sarebbe stato molto più comodo per tutti e due; e Arci non l'avrebbe mai tradita. Perché poi? Per assicurarla alla giustizia? E che ci fa la giustizia con un criminale? Lo incarcera, lo imprigiona, lo elimina dalla società, ma certo non gli fa cambiare idea o la passione per il crimine. Evita che ne commetta altri, altri crimini materiali, concreti; ma quelli pensati, escogitati, pianificati in prigione, sono ugualmente crimini e, forse, per vendetta, molto peggiori di quelli realizzati in precedenza. La criminalità si propaga nell'aria e va a contaminare altre persone, né più né meno dell'influenza di film negativi sugli spettatori che vorrebbero manifestare la loro aggressività, la loro violenza, ma sono inibiti da una moralità precostituita, formale, sancita, non individuale, non propria, non scelta e quindi non libera. Quante volte, vedendo rappresentato un atroce delitto si pensa che quell'errore, per cui il colpevole viene scoperto, lo spettatore non lo avrebbe fatto. Tutti si lamentano della brutalità della società di oggi; i responsabili dell'educazione e i governi parlano con frasi fritte e rifritte, ma mai impediscono la diffusione di misfatti rappresentati con grandi e costosi mezzi dai media, giornali, riviste, televisione, cinema, internet. E' come se si mettesse una torta alla crema sotto il naso di uno affamato e gli si dicesse di non mangiarla. Tutto questo aspetto negativo, guardandolo da un altro punto di vista, potrebbe stimolare ad una nuova presa di coscienza, cioè a quella dei propri istinti e impulsi per poi costringerli sotto il controllo della razionalità (ma non quella interessata ed egoistica), in cui la ragione sostenga un ideale che si sia venuto formando da un anelito interiore verso il bello, per esempio. L'arte sarebbe una grande educatrice. Credo inoltre che la diffusione di brutte e brutali rappresentazioni sia rinforzante per la personalità attraverso la distanza che coscientemente lo spettatore deve porre tra sé e quelle immagini, rifiutandole perché irreali e insignificanti. Si genera così una salutare noia che cresce fino al disgusto, alla nausea a causa del ripetersi di schemi e strutture narrative collaudate a incantare l'attenzione delle masse. Una vera e propria droga, sovvenzionata e protetta dallo Stato a beneficio dei privati che così guadagnano denaro e potere.

Arci era riuscito a piegare le ginocchia e ad adagiarsi su un lato.

Isabel dormiva profondamente, respirando rumorosamente, balbettando mezze parole incomprensibili.

Trascorse la prima settimana. Arci rimase sempre ben legato e imbavagliato durante il tempo che Isabel si trovava fuori, mentre era libero di parlare e muovere le mani alla sua presenza.

Una notte uscirono, andarono alla stazione, si diressero in un'altra città. Al mattino Arci chiamò il notaio, ebbe da lui le informazioni necessarie, si scusò se per il momento non poteva raggiungerlo, lo ringraziò per aver accordato fiducia alla sua segretaria personale e gli comunicò il numero di una casella postale dove doveva spedire la copia del testamento della suocera.

Tornarono col treno nel solito appartamento composto solo di una stanza, cucina e bagno.

– Isabel - chiese Arci – ma forse anche il telefono del notaio è controllato dalla polizia e in ogni caso il notaio si sentirebbe in dovere di comunicare l'indirizzo della casella postale alla polizia. E tu non potrai mai ricevere quella posta, cioè io, perché anche là ci sarà un controllo.

– Lo so, ma noi non andremo mai a quella casella postale, ma ad un'altra.

– Ad un'altra?

– Sì.

– Ma il notaio come lo sa?

– E' d'accordo con me di spedire due copie del testamento, una ufficiale e una no.

– Ma tu come conosci il notaio.

– Me lo hai presentato tu.

– Io?

– Bèh, in forma indiretta. Quando è morta tua suocera, il notaio ha inviato, al tuo indirizzo, la richiesta di presentarsi all'apertura e lettura del testamento a te e a tua moglie. Il notaio non aveva il nuovo indirizzo di Else, anche perché tua suocera neanche lo conosceva, e spedivano la posta a lei indirizzata a casa tua, non è vero?

– Sì, infatti, ed io scrivevo l'indirizzo di Else sulla busta e impostavo la lettera.

– Bravo. Così io, avendo le chiavi della tua cassetta delle lettere, che tu mi desti, ho preso la lettera indirizzata ad Else, anzi ai coniugi Molina, l'ho aperta, ho scritto l'indirizzo del notaio e poi sono andato a trovarlo.

– Quando?

– Quando sono uscita dalla clinica nella Selva Nera.

– Uscita!

– Insomma, come vuoi, fuggita.

– E che sei andata a fare dal notaio?

– A portargli un po' di soldi.

– Non capisco.

– Gli ho detto che Else era morta in un incidente, e che tu, impedito dal troppo lavoro, delegavi me a prendere atto del testamento e che mi affidavi il disbrigo delle pratiche. Ti ricordi che scrivemmo insieme quel foglio in cui mi rendevi competente di svolgere le funzioni burocratiche relative alla tua persona, da te firmato in calce?

Arci aggrottò le sopracciglie, cercò di ricordarsi quel lontano momento, in cui insieme alla sua bella segretaria-amante, colmo di vitalità, di fiducia e amore firmò quel foglio che per lui rappresentava un semplice e necessario servizio.

– Perciò l'ho invitato a spedire la tua posta a due indirizzi, uno che gli avrei comunicato a tempo debito e uno segreto che nessuno neanche la polizia, doveva conoscere.

– E lui ha accettato?

– Davanti ad una busta piena di soldi è difficile dire di no, anche per un notaio.

– Lo hai corrotto.

– Che strano, non è vero? Adesso aspettiamo due giorni, poi andiamo a prendere la lettera, facciamo una fotocopia, la spediamo al direttore della tua banca, tu scrivi una bella lettera chiedendo di mettere sul tuo conto una bella cifra, quella la stabiliamo subito. Poi telefoni, fai sentire la tua bella voce per confermare quello che hai scritto nella lettera. Sperando che non faccia storie.

– Le farà sicuramente.

– Ma tu gli assicuri che rimarrai nella sua banca con tutto il capitale, e un cliente come te non vorrà perderlo. Anzi, mi stavo dimenticando: sarà bene che vi trasferisci l'importo che tieni alla banca di Praga. Così si ammorbidisce ancora di più.

– Ma per questo dobbiamo andare a Praga.

– E ci andremo.

– Non pensi che la polizia ci sorprenderà, anzi che ti sorprenderà.

– No, non possono controllare tutto.

– Come vuoi. Quando andiamo?

– Adesso.

– Sei sbrigativa.

– Non c'è tempo da perdere.

– Ma al confine vorranno controllare il passaporto e tu sei ricercata.

– Per questo anche tu.

– Già, è vero, e allora come passiamo il confine.

– Con questi.

– Fai vedere: Annabella Rond. Ti sei fatta fare la foto con la parrucca nera. E questo?

– Questo è il tuo.

– Il mio? Il mio nome è Ruggero Manilo.

– E' semplicemente l'anagramma del tuo cognome. Ma il passaporto falso lo userai solo per il confine, alla banca e dal direttore, a Praga, userai quello originale.

– E come li hai avuti?

– Un vecchio amico di famiglia che è abituato a falsificare le banconote. E' stato un gioco per lui.

– Un bel divertimento; davvero credo che sia un gioco molto emozionante tessere la trama di questo intrico, comincio a capire che sia più interessante che sedere tutto il giorno in ufficio.

– Sì, ma non è per tutti, bisogna averci passione, devi sentirlo come una pulsione interiore e così forte che non c'è ragione, morale, giustizia che lo possa tenere a freno.

– Devi essere continuamente in tensione, lucida, calcolatrice, previdente, non cadere in dubbio, non farti prendere da timori.

– E' proprio come una febbre che ti scalda le tempie, il sangue fluisce rapido, e tu sei così lucido da vedere come in un quadro esattamente tutte le possibili mosse del nemico, e regola prima: non sottovalutarlo.

Isabel legò e imbavagliò Arci, quindi uscì; andò a noleggiare un'auto, presentando il passaporto falso.

A Praga, prima di presentarsi in banca, stettero in auto qualche ora, un po' distanti dall'edificio, ma con la possibilità di sorvegliare l'entrata. Isabel voleva essere sicura che non ci fosse all'esterno nessun controllo.

Entrarono, si sedettero vicini ad un tavolo facendo finta di riempire dei moduli. Il tempo necessario ad Isabel di fare una lunga ispezione di tutti quelli che entravano e uscivano. Quando si sentì sicura, invitò Arci a presentarsi allo sportello, tenendogli sempre la pistola puntata da sotto la giacca. Fu un'operazione lenta, noiosa. Dovettero passare nell'ufficio del direttore che già conosceva il dottor Molina. Arci notò in Isabel un certo nervosismo specialmente quando fu da lei sollecitato, davanti al direttore, di fare in fretta perché l'aspettavano delle persone importanti per un affare. Uscirono ad operazione bancaria avvenuta. Tornarono alla solita abitazione. Isabel andò a ritirare la posta alla casella postale. La copia del testamento era nelle sue mani. Arci scrisse la lettera al direttore della sua banca che fu spedita da un'altra città. Dopo due giorni Arci, ancora da un'altra località, chiamò il direttore della banca per confermare gli accordi scritti nella lettera. Il direttore fu molto gentile e contento di avere ricevuto di nuovo la sua fiducia e disposto a fornirgli quello di cui necessitava.

Isabel pretese da lui un assegno molto alto, quindi lo legò ben bene e lo salutò.

– Caro Arci, adesso le nostre vie si separano.

– Ma non pensi che io potrei annullare l'assegno una volta che sono libero?

– E chi parla di liberarti.

– Come mi tieni qui prigioniero?

– Certo, per tutto il tempo che sarà necessario a sparire e a riscuotere l'assegno.

– Ma solo qui morirò di fame.

– Non ti preoccupare, ho pensato anche a questo. Verrà un amico che si prenderà cura di te. L'ho pregato di trattarti bene, non temere.

– E quanto tempo devo stare rinchiuso qui dentro?

– Una settimana qui, una là. Ti porteranno un po' in giro, così cambierai aria, ti farà bene. Adesso scusa, ma ti devo di nuovo incerottare la bocca.

– Isabel, aspetta. Ti volevo dire, prima che ci separiamo ... - gli rimase estremamente difficile trovare le parole, o semplicemente delle parole, combattuto tra il sentimento dell'amore e quello del disprezzo, con le quali voleva infrangere il muro che li separava. Poteva provocarla, rinnegarla, rinfacciarle l'odiosa messa in scena dell'amore a scopo lucroso, o invece dimostrarle ancora che nutriva verso di lei un caldo affetto, un rimpianto per quella Isabel, dolce e cara, con la quale avrebbe voluto legarsi per sempre. Non riuscì, preso alla sprovvista e dalla precarietà del momento, a sintetizzare in poche espressioni il suo stato d'animo quindi farfugliò confuso qualche parola, insufficiente e inadatta - ti volevo dire che non ce l'ho con te per tutto quello che hai fatto. Cerco di capirti anche se non mi rimane facile, pensando soprattutto che hai Else sulla coscienza.

– Else non era certo meglio di me con due omicidi sulle spalle. Non ti sembra?

– Lo so, ma so anche che a te peserà molto quello che hai fatto e toglierà dal tuo sguardo la limpidezza e lo splendore di un tempo. Ascolta, quando sarai lontana e sicura, fammi sapere qualcosa di te. Mi farà piacere.

– Adesso basta. Ciao.

Isabel, doveva tappargli la bocca col cerotto, ma prima si chinò a dargli un bacio. Doveva essere un bacio breve, di quelli formali; invece si trattenne più a lungo di quanto lei stessa avesse previsto. Si staccò lentamente, sembrava pensierosa. Lo guardò un attimo negli occhi: le si srotolarono le immagini essenziali di tutta la sua vita. Poteva tutto dipendere da un gesto? Poteva forse rinunciare a tutto per amore? No, ormai era troppo tardi.

Arci notò negli occhi lucenti e umidi della sua bella segretaria il sacrificio che si era imposta e la nostalgia per l'amore che gli aveva dedicato.

Isabel, con un gesto brusco, gli aderì bene il cerotto sulla bocca e, senza voltarsi, uscì.

Dopo poco più di quindici giorni, la polizia, grazie ad una telefonata anonima, trovò Arci intirizzizo e dolente, avvolto in una coperta di lana, in cima ad una torre di legno, usata dai naturalisti come posto di vedetta, ai margini di un bosco. Dimagrito, con la barba lunga, gli occhi infossati, fu tenuto in ospedale qualche giorno, quindi poté tornare a casa.

Il commissario riconobbe l'innocenza di Arci anche grazie alla video cassetta, ricevuta per posta da Isabel, in cui era registrata la sequenza della morte di Helmut e di Arnold. Naturalmente mancava il finale. Nonostante ciò gli rimase la convinzione che tra Isabel e Arci ci fosse una certa complicità che però non riusciva a identificare. Non gli era chiaro perché Isabel lo avesse tenuto prigioniero per così tanto tempo. Non gli sembrava ragionevole, visto che la copia del testamento, spedita dal notaio, era nelle mani della polizia e che quindi non potevano servirsene.

Arci raccontò che Isabel avrebbe voluto con quel documento ricattarlo, ma non essendoci riuscita, si era vendicata tenendolo in cattività come una bestia. Sentì improvvisamente salirgli il sangue al viso, credette di arrossire per la menzogna e con ciò di tradirsi, ma il commissario non lo notò.

Arci sperimentò l'effetto di una forte dose di adrenalina e capì l'estasi dei criminali quando rischiano la libertà e la vita.

– Lo ammetto, non c'è dubbio – disse tra sé – Isabel mi ha sedotto per la seconda volta.

Non volle tradirla, non rivelò il suo nome falso, né di essere stato derubato di una parte dei soldi dell'eredità, anche perché non voleva provare il sentimento della vendetta che considerava meschino. Si sentì complice e si sentì così ancora più innamorato di una donna che forse non avrebbe più rivisto, ma della quale gli sarebbe rimasto un ricordo indelebile, pungente, forte, quasi temibile. Quei ricordi che si amano, anche se dolorosi, perché quando riaffiorano alzano il livello della vita.

Tornò alla sua casa di campagna, si rimise a pitturare , adesso con più convinzione di prima, con la sicurezza che l'arte fosse l'unico balsamo per curare gli squilibri insani e folli della società e dell'umanità in genere.

24 ottobre 2001

Zeitfracht Medien GmbH
Ferdinand-Jühlke-Straße 7
99095 Erfurt, Deutschland
produktsicherheit@kolibri360.de